KB008592

32 선우명 수필선

행복한 고구마

선우명수필선·31

행복한 고구마

1판 1쇄 발행 ∣ 2010년 4월 15일
1판 2쇄 발행 ∣ 2024년 5월 15일

지은이 ∣ 목성균
발행인 ∣ 이선우
발행인 ∣ 도서출판 선우미디어
    등록 ∣ 1997. 8. 7 제305-2014-000020호
    02643 서울시 동대문구 장한로12길 40, 101동 203호
    ☎ 2272-3351, 3352 팩스: 2272-5540
    sunwoome@daum.net
    Printed in Korea ⓒ 2010. 목성균

값 7,000원

ISBN 978-89-5658-244-0
ISBN 978-89-5658-188-6(세트)

32
선우 명 수필선

행복한 고구마

목성균 수필선

선우 sunwoomedia
미디어

저자를 대신하여

　그해, 보이는 모든 것이 눈물로 아른거렸습니다.

　'푸른 잎, 산들바람도, 누렇게 익은 벼도 좋아하셨는데… 이젠 보실 수 없구나.' 한숨짓고, 신발 가지런히 벗어놓은 집엔 도둑이 안 든다고 하시던 말씀 생각하며 신발을 가지런히 돌려놓기도 했습니다. 말로 형용하지 못할 가슴 아픔이 아마도 평생 가리라 싶었는데 아무리 깊은 슬픔도 시간이 약이었습니다.

　첫 시험 잘 보게 해달라고 돌아가신 할아버지께 빌었다는 갓 중학생이었던 큰손자는, 지금 고3 수험생이 되어 흐르는 시간을 말해줍니다.

　목련공원 양지바른 땅에 누워계신 아버지를 눈물 없이 떠올릴 수 있게 된 지금, 점점 희미해지는 그리운 그 모습을 다시 돌아볼 수 있도록 소중한 글을 모아 선집을 내주는 선우미디어 이선우 사장님께 감사드립니다.

2010. 봄
장녀 목진숙

1

억새의
이미지

소나기

윗버들미의 소나기는 건넌골 쪽에서 들어온다.

숨 가쁜 삼복지경, 작열하는 불볕 아래 엎드려서 곡식을 가꾸는 농부들은 가혹한 삶의 비등점(沸騰點)에서 묵비권을 행사하며 인내한다. "참는 데도 한계가 있어." 그 말은 참을성이 모자라는 사람이 하는 소리일 뿐, 여름 농부에게는 가당찮은 말이다. 여름 농부의 참을성은 끝이 없다. 농부의 참을성은 곧 삶 자체인 것이다. 저문 밭고랑에서 허릴 펴며 돌아볼 때 자신이 온종일 지나온 깨끗한 밭두둑에 서 있는 곡식의 싹수 있음이 참을성의 원인이긴 하다.

복지경의 소나기 한 줄기는 농부의 한계체온 이상의 무모한 인내에 대해서 여름날이 줄 항복을 하는 것이다. 삼굿 같던 날씨가 제풀에 겁을 먹고 '독한 놈. 이러다 사람 잡지. 내가 졌다'하듯 난데없는 시원한 바람 한 점을 백기처럼 흔들며 들판을 훑고 가버린다. 돌연한 날씨의 변덕에 농부들은 본능적으로 밭고랑에서 놀란 장끼 고개 쳐들 듯이 벌떡 일어나 건넌골 쪽을 쳐다본다. 아니나 다를까 컴컴한 골 안에서부터 막잠 자고

난 누에 뽕잎 먹는 소리처럼 버석거리며 뽀얗게 묻어 드는 소나기가 미처 피해 볼 새도 없이 순식간에 들판을 유린해 버린다. 유린! 그 얼마나 협쾌한 유린인가. 수절과부가 외딴 골짜기에서 범강장달이 같은 사내에게 겁탈을 당한들 그만큼 협쾌할까. 소나기는 탈수증세로 축 늘어진 모든 생명을 가차 없이 '일어나라, 깨어나라' 하듯 회초리로 휘갈기며 지나간다. 척후가 지나가고 주력이 뒤따르고, 숨 돌릴 새 없이 골짜기를 파죽지세로 유린한다. 그러면 삼복염천에 전의를 잃고 축 늘어져 있던 모든 생명들이 시퍼렇게 너풀너풀 일어서는 것이다. 동학군 같은 기세로.

그런데 그 소나기를 피해서 노루 제 방귀에 놀라서 내뛰듯 냅다 뛰는 경망스러운 농부도 더러 있다. 대개 참을성이 없는 선머슴인데 그래 봤자 몇 발짝 뛰기 전에 옷이 흠뻑 젖고 만다. 중과부적인 사세 판단도 못하고 무모한 짓을 한 범연(泛然)치 못한 농부는 흠뻑 젖어 가지고서야 짓쩍은 듯 걸음을 멈추고 누가 보지 않았나 싶어서 주위를 둘러본다. 그러면 눈에 들어오는 질펀한 논바닥의 백로 한 마리, 조금도 동요하지 않고 소나기 속을 성큼성큼 걷는 모습이 하얀 모시 두루마기를 입고 길 나선 유생(儒生)처럼 행보가 점잖다.

소나기에 사로잡혀 걸음을 멈춘 농부는 고개를 들어 하늘을 쳐다본다. 쏟아 붓는 세찬 빗줄기가 얼굴을 따갑게 때린다. 청량감ㅡ. 찌는 더위를 인내하던 고갈(枯渴) 같은 안면이 금방 새벽에 핀 호박꽃처럼 환해진다. '어 시원하다.' 그리고 비로소 논바닥의 백로를 본떠서 진중하게 걸어간다. 늦었지만 잘 생각한 것이다. 흠뻑 젖은 꼴에 촐랑이처럼 뛰면 개만도 못하다.

소나기를 맞으며 돌아오는 우리 수캐를 본 적이 있다. 타동(他洞)에 암캐를 보러 갔다가 돌아오는 길이리라. 뛰는 것도 아니고 걷는 것도 아닌 한결같은 걸음으로 들을 건너 마을로 드는 수캐의 거동이 타동 암캐를 보러 갔다 오는 수캐답게 의젓하다. 집에 들어와서 젖은 몸을 부르르 털고 뜰에 너부죽이 엎드려서 눈을 가늘게 뜨고 비 묻은 앞산을 건너다본다. 소나기는 개장국의 운명 앞에 처한 복지경의 개까지도 그렇게 달관적으로 만든다.

소나기가 오면 동네가 다 행복하다.

세찬 소나기가 골짜기를 무자비하게 유린하는 동안, 날은 저무는 것처럼 어둑해진다. 그 어둑한 저기압을 타고 고샅으로 퍼져나가는 기름질 냄새. '나 예쁘지—' 하고 울타리에 매달려 있는 청순한 애호박을 '그래, 너 예쁘다'며 똑 따다가 채를 썰어 햇밀가루에 버무려 부침개를 부치는 냄새다. 그 냄새가 집집마다 풍겨 나와서 고샅에 범람을 한다. 젖은 옷을 벗어서 추녀 밑에 널고 보송보송한 마른 옷으로 갈아입은 후에 물끄러미 낙숫물 지는 걸 보며 기름질 냄새를 맡으면 드높았던 삶의 집착이 한없이 해이해지면서 기분 좋은 졸음이 엄습한다. 뜨락의 수캐는 그새 잠들었다. 소나기는 개와 사람을 축생과 인생이 다 중생일 뿐이라는 불계의 실정을 만들어 주는 것이다.

할머니와 같이 조밭을 매다가 소나기를 만난 적이 있다. '후드득' 주먹 같은 빗방울이 듣는데 할머니는 계속 밭을 매셨다. 공연히 몸이 달아서 햇꿩처럼 벌떡 일어서는 내게 할머니는 "어서 가거라, 비 맞기 전에" 하셨다. 그리고 한 점의 동요도 없이 계속 밭을 매셨다. 비 맞는다고 어서 가라시는 할머니의 말씀은 공연한 빈말이었을 것이다. 기실 속으로는 '이놈아, 삼복염천에 달군 몸을 소나기에 식혀 보아야 농사짓는 맛을 아는겨' 하셨을지 모른다. 그예 '쏴—' 하고 쏟아지는 소나기를 노박이로 맞고서야 할머니는 밭고랑에서 일어나셨다. 그러고도 밭담울을 뒤덮은 호박넝쿨을 뒤져서 애호박을 몇 개 따서 다래기에 담아 가지고 밭둑으로 나오셨다.

삼베 치마적삼이 소나기에 흠씬 젖어서 몸에 착 달라붙었다. 할머니의 몸은 한 줌밖에 안 되었다. '세상에!' 할머니의 체신이 그밖에 안 되는 줄을 나는 처음 알았다. 할머니의 저 몸 어디에서 끝없는 노동력이 누에 실 게워 내듯 줄줄이 이어져 나오는 것일까. 지칠 줄 모르는 할머니의 노동력은 사랑이었다. 일가(一家)의 복리 증진을 위한 헌신이었다. 할머니의 노동력은 우리 집안의 살림살이를 위한 불가피한 생산수단이긴 하지만 경제적 가치로 논할 수는 없다. 지고지순한 사랑일 뿐이다.

할머니의 지칠 줄 모르는 노동력을 휴머니즘의 견해인 '인간이 인간을 한없이 초월한 경우'라고 존중만 하면 되는 것인지, 스무 살 적 나는 할머니와 같이 소나기 속으로 들길을 걸어오면서 많이 혼란했었다. 지금 생각하면 '할머니, 제게 업히세요' 하는 일종의 감상이었는데 그것은 할머니의 삶을 가벼이 여긴 얕은 소견으로, 나는 결코 소나기에 젖은 할머니의 삶의 무게를 업을 힘을 지니지 못했다.

걸레처럼 구중중한 할머니의 삼베 치마적삼이 널린 추녀 밑이 훤해지면서 천둥소리가 산을 넘어갈 때, 어머니가 부침개 접시와 막걸리 한 대접이 놓인 소반을 안방에 들여놓았다. 할머니는 막걸리 한 대접을 단숨에 비우시고 적을 손으로 뜯어서 입에 넣고 씹으시며 "참 맛있다" 하셨다. 세상에서 가장 맛있는 음식을 처음 먹어보는 사람처럼 감탄을 하신 그 맛이 어찌 미각으로만 느낄 수 있는 맛이랴. 소나기가 우리 할머니를 가차 없이 유린한 것은 그 맛을 주기 위해서였다. 고마운 소나기―.

천둥소리는 아주 멀리서 울려오고 낙숫물이 그치는 추녀 밑으로 앞산에 무지개가 떴다. 소나기는 내게 무지개보다 더 곱고 아름다운 삶의 실정을 가르쳐 주었다.

세한도(歲寒圖)

　휴전이 되던 해 음력 정월 초순께, 해가 설핏한 강 나루터에 아버지와 나는 서 있었다. 작은 증조부께 세배를 드리러 가는 길이었다. 강만 건너면 바로 작은댁인데, 배가 강 건너편에 있었다. 아버지가 입에 두 손을 나팔처럼 모아 대고 강 건너에다 소리를 지르셨다.

　"사공─, 강 건너 주시오."

　건너편 강 언덕 위에 뱃사공의 오두막집이 납작하게 엎드려 있었다. 노랗게 식은 햇살에 동그마니 드러난 외딴집, 지붕 위로 하얀 연기가 저녁 강바람에 산란하게 흩어지고 있었다. 그 오두막집 삽짝 앞에 능수버드나무가 맨 몸뚱이로 비스듬히 서 있었다. 둥치에 비해서 가지가 부실한 것으로 보아 고목인 듯싶었다. 나루터의 세월이 느껴졌다.

　강심만 남기고 강은 얼어붙어 있었고, 해가 넘어가는 쪽 컴컴한 산기슭에는 적설이 쌓여서 하얗게 번쩍거렸다. 나루터의 마른 갈대는 '서걱서걱' 아픈 소리를 내면서 언 몸을 회리바람에 부대끼고 있었다. 마침내 해는 서산으로 떨어지고 갈대는 더 아픈 소리를 신음처럼 질렀다.

나룻배는 건너오지 않았다. 나는 뱃사공이 나오나 하고 추워서 발을 동동거리며 사공네 오두막집 삽짝을 바라보고 있었다. 아버지는 팔짱을 끼고 부동의 자세로 사공 집 삽짝 앞의 버드나무 둥치처럼 꿈쩍도 않으셨다. '사공—, 강 건너 주시오.' 나는 아버지가 그 소리를 한 번 더 질러 주시기를 바랐다. 그러나 아버지는 두 번 다시 그 소리를 지르지 않으셨다. 그걸 아버지는 치사(恥事)로 여기신 것일까. 사공은 분명히 따뜻한 방안에서 방문의 쪽유리를 통해서 건너편 나루터에 우리 부자가 하얗게 서 있는 것을 보았을 것이다. 그러나 도선의 효율성과 사공의 존재가치를 높이기 위해서 나루터에 선객이 더 모일 때를 기다렸기 쉽다. 그게 사공의 도선 방침일지는 모르지만 엄동설한에 서 있는 사람에 대한 옳은 처사는 아니다. 이 점이 아버지는 못마땅하셨으리라. 힘겨운 시대를 견뎌내신 아버지의 완강함과 사공의 존재가치 간의 이념적 대치였다.

아버지는 주루막을 지고 계셨다. 주루막 안에는 정성들여 한지에 싼 육적(肉炙)과 술항아리에 용수를 질러서 뜬, 제주(祭酒)로 쓸 술이 한 병 들어 있었다. 작은 증조부께 올릴 세의(歲儀)다. 엄동설한 저문 강변에 세의를 지고 꿋꿋하게 서 계시던 분의 모습이 보인다.

억새의 이미지

　가을걷이가 끝난 빈 들녘은 농부의 열망이 이삭처럼 널려 있기 때문인지 막 저녁 밥상이 들어간 부엌같이 끓고 잦힌 온기가 남아 있다. 억새는 그 고즈넉할 뿐 쓸쓸하지는 않은 시절의 대미(大尾)를 장식하는 들꽃이다.

　억새꽃은 석양을 등지고 서 있을 때가 가장 아름답다. 그래서 그 자리가 억새의 자리처럼 당연스럽다.

　저녁 바람 이는 동구 밖 산모퉁이를 돌아들다가 표표히 나부끼는 하얀 억새꽃을 보면 나는 깜짝 놀라서 걸음을 멈춘다. 저무는 역광에 윤택한 빛깔을 유감없이 드러내는 억새의 도열이 나를 사열관처럼 맞이하기 때문이다. 아, 이 무슨 과분한 열병식인가! 나는 곧 제병관의 인도를 받으며 등장할 사열관을 앞질러 잘못 들어선 열병식장의 남루한 귀환병처럼 돌아서고 싶은데 억새들이 입을 모아 환성을 지른다.

　"만세! 수고하셨습니다."

　쥐뿔이나 무슨 수고를 하였기에, 언제 한 번인들 나를 위해서나 남을 위해서나 분발해 본 적도 없으면서 공연히 격앙되어서 억새를 주목하고 걸음을 멈춘다.

억새는 우리 땅의 여분을 차지하고 자생하는 볏과의 다년생 풀이다. 나무도 못 자라는 바람 센 산정 분지, 뙈기밭 두둑, 등 너머 마을로 가는 길섶, 무덤 많은 야산 발치, 나루터 모래 언덕 같은 데 군락을 이루고 자란다. 억새는 자생 여건이 나쁜 버려진 자투리땅에 뿌리를 내리고 씩씩하고 모질게 자라서 늦가을 황량한 산야를 하얗게 빛내준다.

억새는 여름날 꼴머슴의 낫질에 호락호락 당하는 나약한 풀이 아니다. 억새를 베려고 낫을 댔다가 섬뜩해서 보면 어느새 억새를 움켜쥔 손가락이 베어져서 피가 난다. 억새 이파리는 소목장(小木匠)의 작은 톱같이 자디잔 날을 날카롭게 세우고 자신의 의지를 위협하는 힘에 대해서는 완강하게 저항한다. 억새는 이름처럼 억세고 기가 살아 있는 풀이다.

늦가을 석양빛을 등지고 서서 표표히 흔들리는 억새꽃의 담백한 광휘(光輝)를 보면 여한 없는 한 생애의 마지막 빛남이 어떤 건지 알 수 있을 것 같다.

늦가을 석양 무렵 취기가 도도한 촌로들이 빈 들길에 죽 늘어서서 하얗게 가는 모습을 흔히 볼 수 있었다. 뉘 잔칫집에서 파하고 돌아가는 길이다. 가는 건지 서 있는 건지 한담을 하며 느릿느릿 움직인다. 그러다가 대개 별것도 아닌 인생잡사의 견해차를 가지고 다투는 것이다. 삶의 방식에 대한 고집, 작고 필수적이었던 인생관을 주장하는 노경(老境)의 굽힐 수 없는 자존심이 억새꽃처럼 하얗다. 겨우 일행의 중재로 다툼을 거

두고 조금 가다가 일행의 다른 촌로들이 또 다른 견해차로 언쟁을 하면서 행렬을 멈춘다. 그렇게 저무는 들길을 유유자적 걸어가는 촌로들, 갓은 비딱하게 기울었고, 두루마기 자락은 흩어져서 저녁 바람에 서걱댄다. 그 모습이 얼마나 보기 좋은지 나는 목이 메여 속으로 '어르신네들, 수고 많으셨습니다' 하고 인사를 드리지 않을 수 없다.

수고를 한 것은 그분네들이다. 간구하고 고난스러운 시대를 살아서 오늘에 이르게 해주신 어른들이다. 억새는 그분들을 위해서 열병대열을 짓고 있는 것이다. 그에 앞서 내가 지나가면서 목이 메이는 까닭은 억새의 열병 자세의 진설성에 미치지 못하는 부실한 내 삶에 대한 반성이다.

늦가을 강화도 해안 단애에 서 있는 억새를 본 적이 있다. 호말 떼처럼 불어 닥치는 강한 해풍에 숨이 차는 듯 서걱이면서 쓰러지는가 싶다가도 바람이 지치면 다시 일어서던 억새. 그 모습은 마치 흰 중의적삼을 입은 개항기의 민병들이 마침내 무너질 필연의 보루(堡壘)에서 끝까지 버티던 가긍한 기개 같아 보였다. 막을 수 없는 외세를 막아 보려는 어리석은 짓이 자랑스러운 것은 그게 민족혼이기 때문이다. 잘났든 못났든 오늘에 대한 과거가 고맙지 않은가. 바람 부는 수난의 보루에 표표히 나부끼는 억새가 흰옷 입은 어른들의 감투정신 같아 보여서 눈물겨웠다.

억새꽃의 흰빛은 냉담(冷淡)의 빛이 아니다. 내색은 않지만 참고 견뎌 낸 자신을 고마워하는 조선 여인들의 마음이 깃들인, 메밀짚을 태워서 내린 잿물에 바래고 또 바랜 무명 피륙 같은 흰빛이다. 가을 햇빛이 쏟아지는 강변 자갈밭에 길게 펼쳐 널은 흰 무명필을 본 사람은 생각했을 것이다. 거기에 무명 필이 널리기까지 남은 침선공정(針線工程)이 얼마나 여인네들의 노고를 필요로 하는 것인지를. 순전히 남정네들의 자긍심을 남루하게 둘 수 없는 여인의 마음, 억새꽃 빛깔에서는 그런 마음씨가 느껴진다.

가을밤 달빛 아래서 사운대는 억새를 보면 발갛게 등잔불이 밝혀진 방문이 창호지를 울리며 밤을 지새는 다듬이질 소리가 들려오는 것만 같아서 귀를 기울이게 된다. 고부간에, 동서 간에, 혹은 시올케 간에 마주 앉아서 맞다듬이질 하는 소리는 더 없이 그윽하고 맑다. 자지러지듯 빠르게, 멎는 듯 느리게, 크게 작게, 한없이 이어지는 맑고 애잔한 리듬, 그것은 마음이 맞아야 낼 수 있는 소리다. 혼연일체로 마주 앉아서 시집살이의 애환과 갈등을 비로소 화해하는 소리다. 그 소리를 들으면 동구 밖에서 억새가 달빛 아래 사운대며 서 있는 것이 눈에 선히 보이는 것이다.

이제는 흰옷 입은 노인들의 권위 있는 행렬도 볼 수 없고 가을 달밤에 들려오는 다듬이질 소리도 들을 수 없다.

가난하면서 가난을 가난으로 여길 줄도 모르고 성의껏 살던 삶이 사라져 버린 우리 땅의 여분을 차지하고 억새만 홀로 피어서 어쩌자고 저리도 고결스러운지ㅡ.

어떤 직무유기

'강릉 영림서 진부관리소'에 근무할 때 이야기다.

섣달 그믐날이었다. 하루 종일 눈이 내렸다. 저녁때가 되자 서울서 내려온 강릉행 귀성버스들이 모두 진부 차부 앞 대로 변에 꼬리를 물고 멈춰 서서 불야성을 이루었다. 언제 대관령 눈길이 열릴지 모르는 마당에 젊은 승객들은 설국(雪國)의 낭만에 신명이 나서 진부 장터를 들개처럼 쏘다녔다.

처음으로 객지에 맞이하는 섣달그믐인데다 눈까지 하염없이 내려서, 나는 온종일 일이 손에 잡히지 않고 고향 생각만 났다. 고향에 아내와 세 살짜리 딸이 있다. 고향으로 머리 둔 짐승은 모두 귀성(歸省)을 하는 세밑이다. 객지에 나간 남편이 오나 싶어서 수시로 동구 밖을 내다볼 아내의 얼굴과 방싯방싯 웃는 세 살배기의 얼굴이 눈에 밟혔다.

퇴근 무렵 소장이 나와 선배 직원 권 주사를 소장실로 불러들였다.

"밤이 깊거든 둘이 노동리에 가서 기소중지 중인 도벌꾼을 잡아오시오."

소장의 말인즉슨, 섣달그믐에다 눈까지 이렇게 쌓이는데 제놈이 처와 새끼 생각나서 삼수갑산을 가는 한이 있어도 집에 안 돌아오고는 못 배길 거라고 했다. 나는 섣달 그믐날 밤, 눈에 묻히는 산골 동네에 가서 기소중지자를 잡아오라고 시키는 소장의 명령이 아무리 직무라지만 비정하다는 생각이 들었다.

"소장님, 눈을 피해서 동네로 내려온 산짐승은 안 잡는 법인데요."

권 주사도 나와 동감이었던지 소장에게 감히 한마디 했다.

"그는 산짐승이 아니고 범법자야. 당신은 범법자를 잡을 의무가 있는 사법경찰관이고, 그 점을 명심하란 말이야. 눈을 피해 들어왔든 눈에 숨어들어 왔든, 놓치지 말고 반드시 잡아와."

소장이 벌컥 화를 냈다. 한 길에서 늙어버린 직업인의 단호한 소신이었다.

자정이 넘어도 눈은 하염없이 내렸다. 우리는 소장이 수배해 준 제재소의 산판차를 타고 노동리에 갔다. 라이트도 켜지 않고 눈빛(雪光)에 길을 더듬어 설백(雪白)의 골짜기로 깊이 빠져들어 갔다. 산골 마을은 눈에 묻혀 사라져 가고 있었다. 도벌꾼의 오두막집도 방심한 채 눈 속에 깊이 파묻혀 있었다.

고향 건넌방 방문에 밝혀진 발간 불빛이 눈에 선했다. 어린 것은 눈처럼 소록소록 깊이 잠들고 아내는 혹시나 하고 밤을 지새우며 나를 기다릴 것이다. 눈은 소복소복 댓돌 아래까지 쌓이는데 책을 들고 깜박깜박 조는 아내의 모습이 보이는 듯

했다.

우리는 먹잇감을 덮치려는 포식동물처럼 웅크리고 오두막 집으로 숨어들었다. 댓돌 위에 하얀 여자고무신 한 켤레와 남자 농구화 한 켤레, 그리고 조약돌같이 작은 까막고무신 한 켤레가 나란히 놓여 있었다. 분수 적게 큰 남자 농구화는 다 헐고 흠뻑 젖어 있었다. 신발의 모습에서 방안에 잠들어 있는 도망자의 핍박(逼迫)한 날들을 한눈에 알아볼 수 있었다.

지금도 가끔 박목월 님의 시집에서 '가정'을 읽게 되면 그때 그 도망자 일가의 신발 모습이 선연하게 눈에 떠오른다.

내 신발은
十九文半.
눈과 얼음의 길을 걸어,
그들 옆에 벗으면
六文三의 코가 납작한
귀염둥아 귀염둥아
우리 막내둥아

권 주사는 뒷문을 지키려고 뒤꼍으로 돌아가고, 나는 봉당에 올라가서 방에다 대고 차마 입이 떨어지지 않는 소리를 조용히 무겁게 던졌다.

"계십니까? 영림서에서 왔습니다."

방안에서 당황하는 인기척이 났다. 불이 켜지고 어린애가

께서 울었다. 잠시 후 도벌꾼이 방문을 열고 나왔다. 뒷문으로 달아나지 않고 앞문으로 당당히 나왔다. 거기까지는 참 잘한 짓이었다. 그가 만일 뒷문으로 달아나려고 했다면 우린 그의 비열성(卑劣性)에 동정의 여지도 없이 수갑을 채웠을 것이다.

도벌꾼이 댓돌에 걸터앉아서 묵묵히 농구화를 신고 신발 끈을 졸라맬 때, 우리는 말없이 지켜보고만 있었다. 그게 문제였다. 농구화 끈을 졸라매는 도벌꾼의 의지를 몰랐다면 사법경찰관의 직무능력이 모자라는 것이고, 알고도 모르는 체했으면 직무유기가 되는 것인데 우리는 감상에 잠겨 도망자를 앞에 놓고 방심하고 있었다. 방심이라면 직무태만이라고 볼 수 있을까? 아니다. 사실은 농구화 끈을 졸라매는 도벌꾼의 의지를 짐작하면서도 소리 내서 우는 어린것을 안고 소리 없이 우는 젊은 아낙의 애련한 모습에 우리는 의당 취할 필요한 조치를 하지 않은 것이다. 그러니 변명의 여지가 없는 직무유기랄 수 있다.

도벌꾼이 앞장을 서서 사립을 나서고 우린 그의 뒤를 따랐다. 그런데 사립을 나선 도벌꾼이 '지엠씨'가 대기하고 있는 동구 쪽으로 가지 않고 반대편 방향인 운두령 쪽으로 적설을 온몸으로 헤치며 노루 모둠박질 하듯 껑충껑충 뛰어갔다. 생각지 않은 돌발 사태에 우린 망연했다. 설원에 필사적인 흔적을 남기며 도벌꾼은 도망을 치고 있었다. 우리는 어처구니가 없어서 서로 얼굴만 쳐다보았다. 나는 도벌꾼의 도주에 인간적 배신을 느끼고 발끈해서 그의 뒤를 쫓아가려고 했다. 권 주사가 내 소매를 잡으며 어리석은 짓이라는 눈짓을 했다. 죽기 살기로 도망치는 자를 따라잡는다는 것은 불가능한 일이다. 절박한 마음의 거리는 좁힐 수 없는 것이다.

아내와 아기가 눈발 속으로 사라지는 가장의 뒷모습을 바라보았다. 아기가 훗날 기억하는지 모르지만, 아버지답지 못한 도벌꾼의 비열에 나는 비애를 느꼈다. 이 눈 속에 어디로 갈 것인가. "아빠 까까 사 가지고 올게." 아기에게 그렇게 말하고 의연하게 연행되었으면 얼마나 좋았을까 하는 아쉬움이 남았다.

그때 권 주사가 울고 있는 도벌꾼 아내와 어린것에게 다가가서 말했다.

"아가야, 아빠 까까 사러 갔다."

나는 지금도 가끔, 문득 그 말이 생각나서 목젖이 뜨끔하다. 인간적 배려의 한마디였다. 그때 그 모자에게 그보다 더 필요한 말은 있을 수 없다. 권 주사는 어떻게 그 말을 할 줄 알았을까. 그 한마디는 도벌꾼 아내의 눈 위에 주저앉으려는 마음을 부축해 주었음은 물론이고 어린것에게는 아빠에 대한 이미지를 보전해 준 것이다. 나는 권 주사가 한 말을 지금도 잊지 못한다.

선배는 괜히 선배가 아니다. 한 길에서 얻은 직업적 슬기 때문에 선배다.

"당신들은 분명히 직무를 유기했어. 눈길이 열리거든 원주 지청에 가서 담당 검사에게 사실대로 수사보고를 하고 응분의 문책을 받도록 하시오."

소장의 명령은 단호했다. 우리는 소장의 명령대로 원주지청에 가서 담당 검사에게 솔직하게 수사보고를 했다. 다행히 젊은 검사는 직무가 태만했다고 우리에게 시말서를 받는 것으로 일을 종결해 주었다. 젊은 검사가 어떻게 그런 아량을 베풀 줄을 알았을까. 깊은 적설의 골짜기에서 나온 부하 직원의 딱한 행색에 대한 측은지심이었는지, 위계(位階)의 우월의식이었는지는 알 수 없다.

공무원의 직무유기는 구속 수사할 사안이다. 우린 공무원으로 참 위험한 짓을 했다. 만일 검사가 우리를 금품을 수수하고 피의자를 놓아 주었다고 오해를 했으면 시말서로 끝날 일은 아니었다.

지금도 눈이 소담스럽게 내리는 밤이면 그때가 생각난다. 소리 내서 울던 어린것과 소리 죽여 울던 새댁의 애처로운 모습을 생각하면 도벌꾼을 놓친 게 아니고 놓아 준 거라고 생각하고 싶다. 함박눈이 내리는 밤의 직무유기가 내 인생의 공덕인 양 흐뭇하기 때문이다.

누비처네

아내가 이불장을 정리하다 오래된 누비처네를 찾아냈다. 한편은 초록색, 한편은 주황색 천을 맞대고 얇게 솜을 놓아서 누빈 것으로 첫애 진숙이를 낳고 산 것이니까 40여 년 가까이 된 물건이다. 낡고 물이 바래서 누더기 같다. 그러나 그 당시에는 시골에서 흔치 않은 귀물이었다.

"그게 지금까지 남아 있어?"

내가 반색을 하자 아내가 감회 깊은 어조로 말했다.

"잘 간수를 해서 그렇지." 그리고 "이제 버릴까요?" 하고 나를 의미심중하게 쳐다보며 물었다. 그건 분명히 누비처네에 대한 나의 애착심을 알고 하는 소리다. "놔둬." 그러자 아내가 눈을 흘겼다. '별수 없으면서-' 하는 눈짓이다. 그것은 삶의 흔적에 대한 애착심은 자기도 별수 없으면서 뭘 그리 체를 하느냐는 뜻이다.

나는 아내의 과단성이 모자라는 정리정돈을 비아냥거리는 경향이 있다. 버릴 물건은 과감하게 버려야 하는데 아내는 그걸 못한다. 그래서 가뜩이나 궁색한 집안에 퇴직한 세간들이

현직 세간들과 뒤섞여서 구접스레 했다. 그 점이 못마땅해서 나는 늘 예를 들어서 지적을 했다. 사실은 그 예가 아내에게 고의적으로 모욕을 가하는 것이긴 하지만, 버리지 못하는 삶의 흔적들에 대한 애착에서 놓여나게 하려는 내 나름의 충격 요법이지 솔직히 모욕 자체가 목적은 아니다.

'장터거리 박중사의 미치광이 마누라는 늘 일본 옥상 오비처럼 허리에 보따리 두르고 다니는데 그걸 풀면 온갖 잡동사니가 다 들었어. 이 빠진 얼레빗서부터 빈 동동구리무 곽에 이르기까지 없는 게 없대. 자기 세간 모아 두는 건 흡사 박중사 마누라 잡동사니 주워 모으는 버릇 같아' 하는 식이다. 그러나 아내는 모욕을 느꼈는지 안 느꼈는지 오히려 역습으로 내게 모욕을 가하는 것이다.

"남자가 박중사 미친 마누라처럼 중중거리지 좀 말아요. 체신머리 없게시리—."

박중사의 미친 마누라는 늘 허리에 예의 보따리를 두르고 머리에는 들꽃을 꼽고 길거리를 중얼거리면서 다녔다. 내가 박중사 미친 마누라 허리에 두른 보따리로 '장군!' 하면 아내는 침 흘리듯 중얼거리는 미친 짓을 가지고 '멍군!' 했다. 매사에 내가 부른 장군은 아내의 멍군에 당했다.

아내가 들고 "버릴까요?" 하는 누비포대기는 내 인생의 사적(史的)인 물건이다. 아내가 그 처네포대기를 들고 "버릴까요" 하고 묻는 것은 내 비아냥에 대한 잠재적 감정의 표출이다.

아내가 첫애 진숙이를 낳고 백일이 지나도록 나는 아기를 보지 못했다. 서울에서 인쇄업(실은 프린트사였다)을 하고 있었는데 자리를 못 잡고 허둥지둥 승산 없는 분발을 계속하고 있었다. 사업 수완이 모자라는 때문이었다. 이미 자갈논 한 두 락쯤 게 눈 감추듯 해먹고 이 업을 할 건지 말 건지 망설이는 중이었다. 아내의 산고를 치하하러 집에 갈 형편이 아님에도 불구하고, 추석 밑에 아버님의 준엄한 하서(下書)가 당도했다.

인두겁을 쓰고 그럴 수가 있느냐고 힐책하신 연후, 제 식구가 난 제 새끼를 백일이 넘도록 보러 오지 않는 무심한 위인은 이 세상 천지에 너 말고는 없을 것이라고 명의(名醫) 침놓듯 내 아픈 정곡을 찌르시고, 만일 이번 추석에도 집에 오지 않으면 내 너를 자식으로 여기지 않을 것이라는 단호한 당신의 마음을 천명하셨다. 그 준엄한 하서에 동봉된 소액환 한 장과 말미의 추신(追伸)이 마침내 불민한 자식을 울렸다.

추신은 추석에 올 때 시골서는 귀한 물건이니 어린애의 누빈 처네포대기를 사오라는 당부 말씀이었다. 소액환은 누비처네 값이었다. 그러면 네 식구가 좋아할 거라는 말씀은 안 하셨지만 사족을 생략하신 것일 뿐 그 말이 그 말이다. 아버지는 객지에 자식이 제 새끼를 보러 오지 못하는 실정을 아시고 궁여지책을 쓰신 것이다.

지금도 나는 아버지가 나를 사랑하셨다고는 생각하지 않지만, 그러나 믿을 도리밖에 없는 맏자식이니 아버지도 늘 내게 연민 정도는 느끼셨을 것이라고 생각한다. 자식에 대한 연민, 그게 얼마나 부모의 큰 고초인지 내가 당시 아버지 나이에 이르러서야 알았다. 오죽하면 소액환을 동봉하셨을까. 그 소액환은 돈이라기보다 슬하에 자식을 불러 앉히는 아버지의 소환장이나 마찬가지다. 용렬하기 그지없는 자식에게 아비 노릇, 남편 노릇 하는 방법까지 일일이 일러주어야 하는 아버지의 노파심을 생각하니까 '불효자는 웁니다' 하는 유행가처럼 서러웠다.

추석을 쇠고 우리는 아버지의 명에 의해서 근친을 갔다. 강원도 산골 귀래 장터에 도착했을 때 이미 한가위를 지낸 달이 청산 위에 둥실 떴다. 그때부터 십 리가 넘는 시골길을 걸어가야 한다. 아내는 애를 업고 나는 술병과 고기 뒤 근을 들고 걷기 시작했다. 아내 옆에 서서 말없이 걸었다. 달빛에 젖어 혼곤하게 잠든 가을 들녘을 가르는 냇물을 따라서 우리도 냇물처럼 이심전심으로 흐르듯 걸어가는데 돌연 아내 등에 업힌 어린것이 펄쩍펄쩍 뛰면서 키득키득 소리를 내고 웃었다. 어린것이 뭐가 그리 기쁠까. 달을 보고 웃는 것일까. 아비를 보고 웃는 것일까. 달빛을 담뿍 받고 방긋방긋 웃는 제 새끼를 업은 여자와의 동행, 나는 행복이 무엇인지 그때 처음 구체적으로 알았다.

아버지는 푸른 달빛에 흠뻑 젖어 아기 업은 제 아내를 데리고 밤길을 가는 인생 노정에 나를 주연으로 출연시키신 것이다. '임마, 동반자란 그런 거야' 하는 의미를 일깨워 준, 아버지는 탁월한 인생 연출자였다. 처네포대기가 그 연출의 소도구인 셈이었다.

그때 "그 처네포대기 아버지께서 사 오라고 돈을 부쳐 주셔서 사 온 거야." 내가 이실직고를 하자 아내가 "알아요" 했다. 그러고 말하기를, 추석 대목 밑에 어머니가 아기 처네포대기 사게 돈을 달라고 하자 아버지가 묵묵부답이셨다는 것이다. "며느리를 친정에 보내려면 애를 업고 갈 포대기가 있어야 하잖아요." 하고 성미를 부리자 아버지가 맞받아서 "애 아비가 어련히 사올까" 하시며 역정을 내셨다고 한다. 아내는 그때 시아버지께서 무심한 신랑과 친정을 보내 주실 모종의 조치를 꾸미고 계시다는 것을 눈치 채고 가슴을 두근거렸다고 한다.

교교한 달빛 아래 냇물도 흐름을 멈추고 잠든 것 같았다. 나는 기억이 안 나는데 그때 내가 아내의 손을 잡았던 모양이다. "그때 내 손을 꼭 잡던 자기 얼굴을 달빛에 보니 깎아 놓은 밤 같았어." 아내가 누비처네를 쓸어보며 꿈꾸듯 말했다. 참 오랜만에 들어보는 아내의 칭찬이었다. 아마 그때 내게 손을 잡힌 걸 의미 깊이 받아들였던 모양이다.

어찌 보면 두 남녀가 이루어 가는 '우리'라는 단위의 인생은 단순한 연출의 누적에 의해서 결산되는 것인지 모른다. 약간의 용기와 성의만 있으면 가능한 연출을 우리들은 못하든지 안 한다. 구닥다리 세간에 대한 아내의 애착심은 그것들이 우리의 인생을 연출한 소도구이기 때문이다. 이제 아내의 애착심을 존중해야지, 누비처네를 보면서 생각했다.

사기등잔

시골집을 개축할 때, 헛간에서 사기등잔을 하나 발견했다.

컴컴한 헛간 구석의 허섭스레기를 치우자 그 속에서 받침대 위에 오롯이 앉아 있는 하얀 사기등잔이 나타났다.

등잔은 금방이라도 발간 불꽃을 피울 수 있는 조신한 모습이었다. '당신들이 나를 잊어버렸어도 나는 당신들을 잊어 본 적이 없어' 하는 듯한 섭섭한 기색이 역력했다.

나는 등잔을 보고 적소(謫所)의 방문을 무심코 열어 본 권모 편의 공신(功臣)처럼 깜짝 놀랐다. 하얗게 드러난 등잔의 모습이 마치 컴컴한 방안에 변함없이 올곧은 자세로 앉아 있는 오래된 유배(流配)의 모습 같아서였다.

깊은 두메에 전깃불이 들어온 것은 일대 변혁이었다.

제물로 바칠 돼지 멱따는 소리와 풍물소리가 골짜기를 울리던 점등식 날, 마침내 휘황찬란한 전깃불이 켜진 방안에서 졸지에 처신이 궁색해진 등잔을, 사람들은 흐릿한 불빛 아래서 불편하게 산 것이 네놈 때문이라는 듯 가차 없이 방 밖으로 내쳤다. 손바닥 뒤집듯 할 수 있는 얄은 인간의 마음인 걸 어쩌

라. 이 등잔도 우리 식구 중 누군가가 그렇게 내다버렸을 것이다.

등잔은 너무 소박하게 생겼다. 그래도 방안에 두고 쓰는 그릇이라고 백토로 빚어서 잿물을 발라 구워 낸 공정(工程)이 정답고 애잔하다. 몸체의 뽀얀 살결과 동그스름한 크기가 아직 발육이 덜 된 누이의 유방 같은데, 등잔 꼭지는 여러 자식이 빨아 댄 노모(老母)의 젖꼭지같이 새까맣다. 그 못생긴 언밸런스를 우리는 당연히 고마워해야 한다. 가난하고 고달픈 밤을 한 점 불빛으로 다독여 주던 등잔 아닌가.

도대체 이 등잔은 어느 방에 있었던 것일까.

옛날에 우리 집에는 안방 등잔부터 윗방, 건넌방, 사랑방, 부엌 거까지 합치면 등잔이 다섯 개 정도는 있었을 것이다. 그중 이 등잔은 어느 방에 놓여 있던 것일까.

깊은 겨울밤, 처마 밑에 서리서리 이어지던 할머니의 물레질 소리와 어머니의 이야기책 읽는 소리가 들리는 듯한 걸 보면 안방에 있던 등잔 같기도 하고, 한쪽 무릎을 세우고 그 위에 수틀을 올려놓은 누이의 다소곳한 그림자를 비추던 불빛을 생각하면 윗방에 있던 거 같기도 하고, 쿨룩거리는 기침소리와 함께 밤을 지새우던 불빛을 생각하면 바깥 사랑방에 있던 거 같기도 하다.

그러나 등잔 꼭대기가 이토록 까맣게 탄 걸 보면 불면의 흔적이 분명한데, 그러면 혹시 건넌방 내 책상 위에 있던 등잔인지 모른다. 아버지가 구체적으로 내게 관심을 보여 주신 그 소중한 등잔, 딱 한번 아버지의 애정을 자식에게 중재해 준 그 등잔 같다.

어느 해 겨울밤이었다.

가끔 추녀 끝의 이엉 속에서 바스락거리는 소리가 들렸다. 참새도 잠 못 이루는 밤. 누가 오는 것 같아서 방문을 열면 불빛 밑으로 눈송이가 희끗희끗 내려앉는 밤이었다.

잠잘 시간을 넘긴 생리현상 때문일 것이다. 등잔 불빛이 점점 흐려졌다. 나는 자꾸 등잔의 심지를 돋웠다. 새까만 그을음 줄기가 길게 너풀너풀 춤을 추었다. 방안에 매캐한 그을음 냄새가 가득했다.

나는 잠들 수 없었다. 헤세의 『청춘은 아름다워라』를 읽고 있었다. 헤르만 헤세의 '안나'가 시골 역 플랫폼에 내렸다. 헤르만과 롯데가 마중 나와 있었다. 순수하고 아름다운 젊은 날의 사건이 바야흐로 시작되는 대목이었다.

가끔 방문을 열고 그을음 냄새를 바꾸었다. 상큼한 눈바람이 방안에 봇물처럼 밀려들어와서 가득 찼다.

밤이 깊었다. 뜰에 올라서서 '탁-탁-' 눈 터는 소리가 나더니, 밤마실을 다녀오시는 아버지가 찬바람을 안고 방안으로 들어오셨다.

"이 녀석아, 심지만 돋운다고 불이 밝아지는 게 아녀, 콧구멍만 글을 뿐이지."

아버지는 조신조신 말씀하시며 호롱의 심지를 새로 갈아 주셨다.

"심지는 깨끗한 창호지로 하는 거여. 그래야 맑은 불빛을 얻을 수 있지. 심지 굵기는 꼭지에 낙낙하게 들어가야 해. 굵으면 꼭지에 꼭 끼어서 기름을 잘 못 빨아올리고, 가늘면 흘러내리느니. 그리고 꼭지 끝에 불똥을 자주 털어 줘야 불빛이 맑은 거여."

심지를 갈자, 과연 불이 한결 밝았다.

내가 아버지께 받아 본 단 한번뿐인 성의 있는 관심이었다. 늘 밤길의 먼 불빛처럼 아득해 보이던 아버지가 마음을 내 눈앞에 펴보이신 것이다. 그날 밤의 아버지에 대한 기억은 장롱 맨 아래 간직해 둔 사주단자보다도 더 소중하다.

겨울밤의 냉기를 몰고 불쑥 방으로 들어오셔서 소년의 두 뺨을 따뜻하게 달구어 주신 투박한 아버지의 사랑을 이어 준 등잔, 그 등잔의 고마움을 나는 전깃불에 반해서 헛간에 내다 버리고 까맣게 잊어버렸다.

나는 등유와 먼지에 절은 받침대와 등잔을 깨끗하게 닦았다. 소장품으로 예우를 하고 싶어서다. 내 마음은 등잔을 아들 방 책상 위에 놓아 주고 싶었다. 물론 아들 녀석이 등잔불을 밝히고 밤을 지새울 리는 없다. 나는 내 아버지처럼 아들을 위해서 등잔 심지를 갈아 줄 기회는 없을 것이다. 다만 젊은 한 시절 헛되이 보내지 말고 밤을 지새우며 책을 읽으라는 내 간곡한 당부의 마음을 등잔이 아들에게 전해 주기는 할 것 같았다.

그러나 다 부질없는 생각일 뿐이다. 등잔에다 아무리 인문

주의적 가치를 부여해서 아들의 책상 위에 놓아 준들 등잔 시대를 살아보지 않은 아들이 등잔을 애장(愛藏)할 리 없을 뿐더러, 등잔 역시 아들의 책상에 놓인 전기스탠드의 놀라운 밝기에 스스로 주눅이 들어 처신이 궁색할 뿐이다. 그것은 등잔에 대한 예우가 아니라 등잔을 벌세우는 짓이다. 차라리 헛간의 허섭스레기 속에서 한때 당당했던 발광(發光)의 보람이나 추억하며 지내게 둔 것만도 못하다.

그래서 등잔을 안방 문갑 위에 놓아두기로 했다. 그리고 어둠을 발갛게 밝혀 주는 한 점 불빛, 그윽한 아버지의 심지(心地)를 느끼기로 했다.

아버지는 중풍이 들어 계신다. 등잔의 불빛처럼 흐린 생애, 심지를 갈아 드릴 수도 없다. 조만간 그 불빛마저 꺼지면 나는 아버지의 생애도 등잔처럼 푸른 산자락에 묻고 잊어버릴는지 모른다.

다랑논

올망졸망 붙어 있는 다랑논배미들을 보면 흥부네 애들처럼 가난하고 우애 있어 보인다.

나는 어려서 팔월 열나흘 저녁때면 쇠재골 다랑논 머리에서 서서 추석 차례를 지내러 오시는 작은 증조부를 기다렸다. 그 어른은 칠십 노구를 지팡이에 의지하고 휘이휘이 쇠재를 넘어 오셨다.

나는 저문 산골짜기에 혼자 서 있었다. 그래도 무서운 줄을 몰랐다. 막 저녁 세수를 한 산골처녀의 맨 얼굴 같은 들국화 꽃, 조용히 귀 기울이면 들리는 열매가 풀숲을 스치며 떨어지는 소리, 미처 어둡기도 전부터 울어대는 풀벌레 소리―. 나는 그 가을 정취에 취해서 무섭지 않은 줄 알았다. 그러나 좀더 철이 들고 나서 알았지만, 내가 무섬증을 느끼지 않고 조신하게 저문 산골짜기에 혼자 서 있었던 것은 가을 정취 때문이 아니라 다랑논 때문이었다.

아무도 없는 다랑논에서 나는 늘 인기척을 느꼈다. 배코 친 머리처럼 깨끗한 논둑, 피나 잡풀 하나 없이 오로지 벼 포기만

서 있는 논배미의 정갈함에서 방금까지 사람이 있던 기척을 느낄 수 있었다. 나는 논둑이 수북하게 풀숲에 덮여 있는 것을 한 번도 보지 못했다. 미발진(여물지 않은) 벼이삭이 고개를 못 숙이고 노랗게 조락(凋落)하는 해도 있었지만, 그때도 논둑은 깨끗이 벌초가 되어 있었고 논배미 안에는 잡풀 하나 없이 벼 포기만 오롯이 서 있었다. 아쉬움같이 푸른 기가 아련한 연노랑색의 여린 벼 포기가 고개를 못 숙이고 있는 것을 보면 농부가 아닌 어린 나도 마음이 아팠다. 하지만 깨끗하게 깎아놓은 논둑을 보면 끝까지 포기하지 않은 농부의 마음이 엿보여서 다랑논배미 어딘가 농부가 저무는 것도 모르고 아직 엎드려서 일에 골몰하고 있는 것만 같았다.

작은 증조부는 대중없이 고개를 내려오셨다. 어느 해는 해 그늘과 같이 내려오셨고, 어느 해는 열나흘 달이 뜬 후 휘영청 밝은 달빛을 밟고 내려오셨다. 나는 다랑논 머리에 서서 침착하게 그 어른을 기다렸다.

마침내 갈참나무 숲이 끝나는 고개 아래 그 어른의 하얀 모습이 나타나면 반가움에 목이 메었다. 나는 달려가서 그 어른 발밑에 엎드려 절을 했다. 그 어른은 지팡이로 노구의 피로를 받치고 서서 내 절을 받으셨다. 그리고 다랑논의 작황을 보시고 말씀하셨다.

"누가 지은 농산지, 꼭 맘먹고 담은 가난한 집 밥사발 같구나."

신록이 우거지는 초여름, 다랑논을 본 적이 있다. 모내기 준비를 끝낸 다랑논은 참 깨끗했다. 가래질을 해서 질흙으로 싸 발라 놓은 논둑이 마치 흙손으로 미장을 해 놓은 부뚜막처럼 정성이 느껴졌다. 차마 신발을 신고 논둑길을 건너가기가 죄 송할 지경이었다. 골짜기의 물을 허실 없이 가두려고 정성을 다해서 논둑을 싸바른 것이다.

물을 가득 잡아 놓아서 거울같이 맑은 다랑논에 녹음이 우 거진 쇠재가 거꾸로 잠겨 있었다. 뻐꾸기, 꾀꼬리, 산비둘기의 노랫소리가 다랑논에 비친 산 그림자에 울려 나오는 것 같았 다. 송홧가루가 날아와서 논둑 가장자리를 따라 노랗게 퍼져 있었다. 조용히 모내기를 기다리는 다랑논이 마치 날 받은 색 시처럼 다 받아들일 듯 안존한 자세여서 내 마음이 조용히 잠 기는 것이었다.

첫눈이 내릴 듯 하늘이 착 가라앉은 겨울날, 거둠이 끝난 다 랑논을 보면 지푸라기 하나 흘어 놓지 않고 깨끗하게 비워 냈 다. 손바닥만큼씩 한 다랑논배미가 마치 공양을 마친 바리때 처럼 마음 한 점까지 다한 간절함이 느껴졌다. 결코 농부의 마 음에 차는 거둠을 못한 게 분명한 논바닥에 하등의 아쉬움도 남아 있지 않았다. 그 소박하고 알뜰한 수확의 자리. 포기를 벌지 못한 안타까운 벼 그루터기의 오열(伍列) 상태가 눈물겹 도록 질서 정연했다. 무엇이 그리 고마웠을까. 얼마나 따뜻하 고 간절한 마음이었을까. 못줄을 띄우고 눈금에 벗어나지 않 게 한 포기씩 꼭꼭 모를 꽂고 성의껏 가꾸고 거둔 자리가 오두 막집 잦힌 밥솥 아궁이처럼 아늑했다.

농부의 바람에 미치지 못한 수확의 흔적. 미안스러운 듯한 토지의 모습. 그러나 비굴하거나 유감스러운 기색을 느낄 수 없는 담담한 빈 겨울 논이 내 마음을 한없이 평온하게 해주었다.

나는 젊은 날 마음이 격양되면 쇠재골로 다랑논을 보러 갔다. 다랑논은 언제나 내 마음의 갈등을 가라앉혀 주었다. 빈 논은 빈 논인 대로, 모가 심겨 있으면 심겨 있는 대로, 풍작이면 풍작인 대로, 흉작이면 흉작인 대로, 다랑논에서는 항상 사람의 기척이 느껴졌다. 다랑논이 욕심 없는 사람처럼 '착하고 부지런히 사는 끝은 있는 법이여─' 다독다독한 말 한마디를 간곡히 내게 들려주는 듯했다.

나는 사람 사는 것이 다랑논 부치는 일 같아야 한다고 생각했었다. 다랑논을 보면 삶이 행복하다 불행하다 말하는 게 얼마나 건방진 수작인가 싶다. 다랑논은 삶의 원칙 같다. 다랑논의 경작은 삶에 대한 애착의 일변도 같다.

그 비경제적인 다랑논을 부치던 분들도 하나 둘 타계하고 이제 몇 분 없다. 그분들마저 타계하면 다랑논들도 다 폐경이 될 것이다. 다랑논이 사라지는 것은 삶의 원칙이 사라지는 것 같아서 섭섭하기 그지없다.

소년병(少年兵)

아내가 열심히 신문을 들여다보고 있다. 이산가족 상봉자 명단에 자기 오라버니 이름이 들어 있나 싶어서다. 아내는 자기 오라버니가 이북에 살아 있겠지 하는 일루의 희망을 버리지 못하고 있다.

6·25 사변이 나던 그 해 아내의 오라버니는 인민군으로 끌려갔다. 쇠꼴을 해 가지고 동네 들어서는 열일곱 살짜리 소년을 인민군이 장총을 메워보고 총이 땅에 끌리지 않자 됐다면 끌고 갔다고 한다.

그 해 늦가을, 전세는 이미 국군이 평양까지 갔느니 압록강까지 갔느니 하는데 한 골짜기의 가을은 늘 그렇듯이 청명하고 싸느랗게 그 해 여름의 비극 따위는 도외시한 채 깊어가고 있었다.

해거름에 나는 할머니와 뒷골 밭에서 무를 뽑고 있었다. 하늘이 살얼음처럼 새파랬다. 단풍이 불타는 산골짜기가 가을 깊이 잠겨서 죽은 듯 고요했다. 무밭에 산그늘이 지자 싸느란 냉기가 온몸을 휘감았다. 할머니는 부지런히 무를 뽑고 나는 무더기를 지어서 짚단으로 덮었다. 된서리에 대한 대비다.

한참 무를 뽑는데 그늘진 산에서 조심스럽게 가랑잎 밟는 소리가 나더니 산짐승처럼 조심스럽게 인민군 패잔병이 나타났다. 인민군은 걸음을 멈추고 주위를 살피더니 할머니와 내가 무를 뽑는 밭으로 왔다. 장총이 땅에 끌릴 듯했다. 인민군은 키만 덜렁했지 기껏해야 나보다 두서너 살 위로 보이는 소년이었다. 인민군의 누런 무명 하복(夏服)은 찢어지고 때에 절어 있었다. 헝겊 군화도 해져서 발에 안 걸리는 듯 새끼로 동여맸다.

인민군은 아무 말 없이 조선무를 옷에 썩썩 닦아서 허기진 듯 어적어적 씹어 먹었다. 얼굴은 패각(貝殼)이 기어 다닌 갯벌처럼 더러웠다. 지금 생각해 보면 그 중에는 분명히 눈물자국도 섞여 있었을 것으로 짐작이 가는 것이다.

할머니가 어쩔 줄을 몰라 하시며 하시던 일을 멈추고 밭둑으로 나가 앉아서 "이리 와서 앉아 먹어요." 하고 인민군을 불렀다. 인민군은 할머니를 따라 밭둑으로 나와서 할머니 곁에 나란히 앉았다.

무 한 개를 다 먹은 인민군은 밭둑에서 일어섰다. 할머니가 얼른 머리에 쓰고 계시던 무명 수건을 벗어서 "해줄 게 아무것도 없네ㅡ." 하시며 인민군의 볼을 싸매 주셨다. 사시장철 밖에서는 쓰고 사시는 할머니의 살갗 같은 당목 수건이었다. 소년병은 땀에 절어 퀴퀴한 냄새가 나는 할머니의 당목 수건을 해 주는 대로 가만히 받아들였다. 이미 뼛골까지 파고드는 산속의 추위를 겪은 때문일까, 당목 수건에 밴 냄새가 고향의 부모님 냄새처럼 그리워서일까.

인민군 소년병은 다랑논을 건너서 맞은편 산등성이를 쳐다보았다. 할머니도 쳐다보고 나도 쳐다보았다. 잎이 거의 진 나무들이 서 있는 산등성이가 까마득하게 높아 보였다. 인민군 소년병이 그 산등성이를 향해서 올라갔다. 인민군이 올라간 산발치에 옻나무가 새빨간 이파리를 달고 서 있었는데 그 눈부신 빛깔이 공연히 슬퍼서 맘속으로 '형—!' 하고 부르는데 할머니가 나를 끌어안으셨다. 할머니도 내 맘 같으셨던 모양이다.

지금도 늦가을 외진 산골짜기에 서 있는 빨갛게 단풍 든 나무를 보면 장총을 땅에 끌면서 저문 산으로 올라가던, 위장망 끈이 얼기설기 붙어 있는 남루한 여름 군복을 입은 소년병의 작은 등허리가 보인다. 문득 걸음을 멈추고 당목 수건으로 볼을 싸맨 얼굴로 우리를 뒤돌아보던 산짐승같이 슬픈 눈매가 보인다. 새빨간 옻나무 단풍 이파리가 보인다.

그 인민군 소년병이 과연 식구들에게 돌아갔는지, 어디서 얼어 죽었는지, 토벌대의 총에 맞아 죽었는지 그 해 가을이 다 가고 겨울이 깊어질수록 내 걱정도 같이 깊어졌다.

그날 밤 어머니는 김장할 무채를 썰고 할머니는 물레를 돌리셨다. 밤이 꽤 깊었는데 할머니가 걱정스럽게 말씀하셨다.

"코끝이 매운 걸 보니 된내기(된서리)가 내리나 보다. 그 어린게 어디서 된내기를 피할꼬—."

나는 그 해 여름 새재를 넘어서, 낙동강을 건너서 대구 아래 경산까지 아버지를 따라 피란을 다녀왔다. 별을 보면서 한뎃잠을 많이 잤다. 내 나이 열세 살이었다. 길게 날아가던 별똥별을 세다가 밤이슬을 맞으며 잤다. 여름이지만 이슬에 몸이 젖으면 추웠다. 된서리를 맞으면 얼마나 더 추울까. 그 날 밤 나는 단 구들 위에 요를 깔고 이불을 덮고 누워서 인민군 소년병 생각에 잠을 이루지 못했다. 다음날 아침 할머니가 늦잠을 깨우며 "우리 도령이 무서운 꿈을 꾸셨나, 어쩐 눈물자국인고 —." 하셨다. 그날 밤 나는 소년병이 얼어 죽는 꿈을 꾸었다.

가끔 늦가을 논둑 밑에서 얼어 죽는 메뚜기를 본다. 그때마다 소년병 생각에 참을 수 없는 마음이 되곤 했다. 아침에 보면 빳빳이 죽었는데 햇살이 퍼지면 메뚜기는 꼼지락거리며 살아났다. 그렇게 메뚜기는 겨울이 깊어지는 만큼씩 서서히 죽어간다. 나는 그게 신기해서 메뚜기의 죽음을 관찰한 적이 있는데, 밤에 따뜻한 이불 속에만 들어가면 그렇게 얼어 죽어가는 소년병이 생각나서 잠을 이루지 못하곤 했다. 나의 소년 시절 그 인민군 소년병 못지않게 고통스러웠다.

나는 할머니가 당목 수건으로 볼때기를 싸매 준 그 인민군 소년병이 아내의 오라버니가 아니었을까 하는 생각이 들었다. 그러나 차마 아내한테 그 이야기를 하지는 못했다.

조팝나무꽃 필 무렵

진달래꽃이 노을처럼 져 버리면 섭섭한 마음을 채워 주듯 조팝나무꽃이 핀다. 조팝나무꽃은 고갯길 초입머리, 산발치, 산밭 두둑 같은 양지바른 곳 여기저기 한 무더기씩 하얗게 핀다.

조팝나무꽃은 멀리서 건너다 봐야 아름답다. 가깝게 보면 자디잔 꽃잎들이 소박할 뿐 별 볼품이 없으나, 건너다 보면 하얀 꽃무더기가 가난한 유생 댁의 과년(瓜年)에 채 못 미친 외동딸처럼 깨끗하고 얌전하다.

내 기억에 의하면 조팝나무꽃이 필 때의 산골동네는 고요했다. 그러나 적막하지는 않았다. 무슨 예사롭지 않은 일이 진행되고 있는 것만은 틀림없는 고요함이다. 이윽고 명주 필을 찢는 듯한 돼지 멱따는 소리가 그 고요를 찢어놓는다.

그 소리는 단말마의 비명이 아니다. 어느 소프라노 가수도 이르지 못한 가장 높은 음역(音域)으로, 동네사람 모두를 기쁨으로 몰아가는 한마디의 절창이다. 돼지는 죽으면서 온 삼이웃에 인간이 낼 수 없는 미음(美音)으로 잔치가 있다는 사실을 알리는 것이었다.

열여덟 살 적 이른 봄, 나는 청포묵이 담긴 부조(扶助) 함지박을 지고 조팝나무꽃이 하얗게 핀 산발치 길로 해서 윗말 대고모 댁엘 갔다. 대고모 댁 사돈 색시가 내일이면 시집을 가는 것이다.

대고모 댁 사돈 색시는 나하고는 초등학교 동창이다.

저만큼 막 산모퉁이를 돌아간 까만 무명치마에 하얀 무명적삼을 입은 열네 살 난 색시. 학교를 갈 때나 올 때나, 우리는 늘 똑같은 거리를 두고 걸어다녔다. 학교에서 돌아오는 길이었다. 대고모 댁 사돈 색시가 돌아간 산모퉁이. 눈부시게 하얀 조팝나무꽃이 한 무더기 피었다. 급히 산모퉁이를 돌아가면 봄 햇살에 눈부시게 하얀 적삼이 저만큼 걸어가고 있었다. 그 가늘고 작은 어깨의 동그스름한 선의 눈부심이여!

먼 산에서 산비둘기가 '지집(계집) 죽고 ― 자식 죽고 ―' 하며 온종일 울었다. 어머니는 청포묵을 쑤었다. 우리 동네서 청포묵을 야들야들하게 쑬 수 있는 사람은 우리 어머니뿐이라고 했다. 대고모가 우리 어머니에게 윗손(上客) 상에 올릴 청포묵을 쑤어 오라고 일렀다. 그 청포묵 함지박을 지고 산비둘기 울음소리를 밟으면서 윗말 대고모 댁엘 갔다. 산비둘기 우는 소리가 울려오는 앞산 발치 떼기밭에 대고모 댁 사돈 색시 같은 조팝나무꽃이 피어서 눈부시게 희다. 자꾸만 발걸음이 헛디뎌졌다. 기껏 청포묵 여남은 모가 담긴 함지박이 왜 그리 무거웠을까.

청포묵 함지를 과방에 들여놓고 돼지 잡는 구경을 했다. 눈부시게 빛나는 햇살과 흥분을 참는 사람들의 긴장이 마당에 가득했다. 돼지는 발버둥치며 '꽥꽥' 소리를 질렀다. 어떻게 소리가 째지는 것처럼 날카로운지 앞산 발치 떼기밭 두둑에 하얗게 쪼그려 앉아 있는 조팝나무꽃이 흩날려 떨어질까 걱정되었다.

청년들이 돼지의 네 굽을 묶어서 큰 모탕이나 구유를 엎어놓고 그 위에 올려놓는다. 그리고 요동을 못 치도록 단도리를 해 놓으면 원규 어르신네가 미리 뒷짐에 감춰 들고 있던 날 선 창칼로 익숙하게 돼지 멱을 땄다. 돼지가 미처 고통을 느낄 새도 없이 산멱을 정통으로 끊어서 안락사를 시키는 것이다. 원규 어르신네는 언제부터일까, 아마 과방장이의 소리를 듣기 시작하면서 돼지 멱을 땄을 것이다. 처음에는 돼지의 멱을 빗찔러서 요동을 치고 피를 잔칫집 마당에 흩뿌리며 고통스럽게 죽게 했을 터이지만 그 후 몇십 년 그 일을 반복하면서 그분은 눈을 감고도 기름진 돼지의 목에 칼을 대면 영락없이 명줄을 한 번에 끊었을 것이고, 돼지는 아플 새도 없이 씀벅하는 감촉만으로 명줄을 놓았으리라.

돼지 목에서 창칼을 빼면 과방의 말석(末席)에서 접시 고임 잔심부름이나 하는, 훗날 돼지 멱을 자기가 따리라고 뼈물고 있는 애송이 과방꾼이 얼른 받아들었다. 그리고 또 다른 애송이 과방꾼은 들고 기다리던 동이를 얼른 돼지 모가지 밑에다 들이밀었다.

돼지는 멱을 딴 목으로 숨을 쉬는데 그때 선지피가 쿨컥쿨컥 쏟아져서 동이 안에 그득하게 고인다. 그 피, 그것은 상서로운 것이다. 잔칫집에 악귀의 범접을 막는 피다. 동네사람들은 돼지의 죽음을 지켜보았다. 목에서 쿨컥쿨컥 힘차게 쏟아지던 피가 멎으면 돼지는 드디어 숨을 거두었다. 조용히 ─. 돼지의 얼굴에는 고통이나 통분 같은 표정은 조금도 깃들어 있지 않았다. 지극히 평온했다. 고삿상에 화폐를 물고 있는 돼지머리를 본 사람은 알지만, 돼지의 얼굴은 지극히 길상(吉相)이다.

돼지를 잡는 일은 비단 잔치에 쓸 고기를 장만하는 밀도살로만 여길 일은 아니다. 잔치의 제물을 준비하는 일이다. 따라서 새파랗게 날이 선 창칼로 돼지 멱을 딴 그분은 비단 백정질을 한 것이 아니다. 그분은 돼지 멱을 따고 자기가 무슨 부족의 제사장이라도 되는 양 근엄한 표정으로 둘러서 있는 동네사람들을 죽 돌아보았다. 그리고 뒤로 물러섰다. 조팝나무꽃을 보면 원규 어르신네가 돼지 멱을 따고 서 있던 그 자부심 뚜렷한 모습이 생각난다.

대고모 댁 안방을 기웃거려 보았다. 내일이면 대례청에 설 사돈 색시가 역시 까만 치마에 하얀 적삼을 입고 일가의 안노인들에 둘러싸여서 아랫목에 조신하게 앉아 있었다. 언뜻 눈이 마주쳤다. 마음에 한 점 동요도 스침 없는 아주 조용한 표정으로 나를 잠깐 쳐다보았다. 나는 얼른 돌아서서 울 넘어 산기슭에 조용히 피어 있는 조팝나무꽃을 보았다.

지금도 조팝나무꽃을 보면 대고모 댁 사돈 색시를 좋아해도 되는 건지 안 되는 건지 궁금한 걸 가슴 속 깊이 묻어 두고 있는 것도 다치고 싶지 않은 비밀처럼 은근해서 좋다.

2

아버지의 강

혼효림

우리나라의 산을 지키는 나무를 대별하면 소나무와 참나무로 나눌 수 있다. 사람들은 언필칭 소나무는 선비에, 참나무는 상민에 비유한다. 그러나 두 나무를 우열적으로 비교할 수는 없다. 소나무는 소나무, 참나무는 참나무, 각기 개성적인 장단점을 타고난 대등(對等)한 나무다.

물론 소나무가 참나무보다 자질(資質)이 우수한 것만은 사실이다. 특히 건축용 재목으로서 소나무의 자질은 탁월하다. 그래서 경복궁, 남대문 문루, 부석사 무량수전 등 국보급 목조건물은 물론 화전민의 너와집에 이르기까지 집 재목은 다 소나무가 차지했다.

소나무는 도편수의 의중(意中)을 잘 받든다. 제 몸뚱이에 들이대는 대패질이나 끌질에 반항하는 법이 없다. 마름질과 다듬질하기가 쉬운 연목(軟木)인데 비해 오랜 세월 동안 축조미(築造美)를 유지한다.

참나무는 대패질도 허락지 않고 못도 받아들이지 않는 견목(堅木)이면서 부식(腐蝕)은 소나무보다 빠르다. 참나무는 재목의 자질을 지니지 못했다. 국보급 궁궐이나 절, 집은 물론이고 화전민의 너와집도 못 짓는다.

그런데 참나무가 없으면 소나무도 쓸모없는 경우가 있다. 예를 들면 논 삶는 써레의 몸체는 소나무인데 이빨은 참나무다. 이빨이 단단해야 논바닥의 흙덩이를 으깨서 어린 모가 뿌리를 잘 내리도록 곤죽처럼 삶을 수 있기 때문이다. 또 목화씨를 바르는 씨아도 몸체는 소나무지만 가락은 참나무다. 씨아의 가락은 아래 위 한 쌍이 맞물려 압착(壓着)하는 힘으로 목화씨를 바른다. 그 압착의 축을 이루는 가락의 귀는 당연히 쇠처럼 야물어야 한다. 그래서 씨아의 가락은 참나무가 아니면 감당할 수 없다.

그렇다고 참나무의 쓰임새가 꼭 가혹한 감당이나 하는 것은 아니다. 대접받는 쓰임새도 있다. 그 유명한 평북 박천의 반닫이는 참나무로 만든다. 내당마님의 손길에 반들반들 길들여진 박천 반닫이가 대갓집 안방 윗목에 화류장롱과 더불어 묵직하게 좌정하고 있다면 그 집의 가세는 요지부동한 것이다. 반닫이의 용도가 주로 비단피륙이나 금은보화를 담아 두는 데 있기 때문이다. 한 집안이 가세를 보관하는 가구제는 당연히 무겁고 견고한 질감의 나무라야 한다.

참나무는 동양에서보다 서양에서 더 대접을 받는다. 저 유명한 '보르도 와인'은 반드시 참나무 통에 담는다. 갓 거른 새 술은 탁하고 맛이 없는데 참나무 통에 담아 숙성시키면 비로소 달고 향기로운 '보르도 와인'이 만들어진다고 한다. 왜 그럴까. 목질의 담백성 때문일 것이다. 뿐만 아니라 포도주 안주에 제격인 훈제(燻製) 고기는 반드시 참나무를 태운 연기를 쏘여서 만든다. 수지(樹脂)가 타는 글음이 없는 담백한 연기 때문이라고 한다. '참나무가 할 수 있으면 나도 할 수 있어.' 천만에, 소나무의 자질이 뭐든지 다 해낼 수 있다 해도 훈제용 연기를 낼 수는 없다. 송진 때문이다. 소나무는 송진이 지글지글 끓으며 기름지게 타서 연기가 담백하지 못하다.

연소(燃燒)의 담백성! 그러고 보니 고승의 다비식(茶毘式)이 연상된다. 사람의 주검들도 태우면 생애의 탐욕 정도만치 글음이 더 나고 덜 날 것이다. 채식으로 고행을 하다가 열반에 드신 선승(禪僧)의 주검을 태우면 맑고 담백하게 연소한다면, 호의호식하던 모리배나 탐관오리의 기름진 주검을 태우면 욕심만치나 글음이 충천할 것이다. 참나무가 타는 것은 사리(舍利) 몇 과(果)를 남기고 홀연히 연소하는 선승의 다비와 같다. 참나무가 우수한 훈제를 만들 수 있다는 단적인 설명이다.

그러나 참나무의 담백한 연소는 도자기를 굽는 데는 쓸모가 없다. 도자기를 굽는 데는 소나무 장작이라야 한다. 송진이 타는 끈질긴 화력이라야 맑고 깊은 자기의 빛깔을 내기 때문이다. 부석사 무량수전이 천년을 가는 것 역시 송진 때문이다.

그러나 사람들이 신분의 고하를 막론하고 너나없이 소나무만 편애(偏愛)해 온 것은 사실 그 자질 때문이 아니고 수격(樹格) 때문이다. 남산 위의 저 소나무는 우리의 기상이라고 애국가에서도 예찬을 했듯이 소나무가 참나무보다 기품이 높은 것은 주지의 사실이다. 참나무가 백중판의 상민들 같다면 소나무는 정자 위에 앉아서, 또는 탁족(濯足)을 하면서 음풍농월(吟風弄月)하는 선비 같다. 그래서 소나무를 시인들은 예찬하고 묵객들은 그렸다. 소나무는 중국의 신선사상인 십장생(十長生)에도 들었고, 우리나라의 선비정신인 오청(五淸)에도 들어 있다. 뿐만 아니라, 이이(李珥)의 세한삼우(歲寒三友) 중 하나이고, 윤선도의 다섯 벗 중 하나다.

그렇다면 소나무 단순림(單純林)은 수격의 합산만치 우수해 보여야 하는데 그렇지 못하다. 미끈하게 잘 자란 춘양목(都陽木) 우량림에서도 사관생도의 열병식장 같은 정연한 질서 외에 달리 우수한 수격의 집단체제다운 면모는 찾아볼 수 없다. 하물며 중부지방의 송충이가 덤벼든 꾸부정이 소나무 불량임지는 말할 것도 없다. 열악한 환경에서 저 자신의 안위를 도모하려는 나무들의 반목과 질시가 파당을 일삼던 조선시대의 선비집단같이 혐오감을 느끼게 한다. 그렇다고 참나무 단순림은 볼품없는 궁색이다.

숲은 모름지기 혼효림이라야 한다. 소나무와 참나무가 격의 없이 모여 서 있을 때, 비로소 우수한 숲의 사회상(社會相)을 보여준다. 소나무와 참나무가 서로의 수격을 존중하는 돈독한 모습은 오월의 숲에 주의를 기울이면 보인다.

우리 동네 앞산은 참나무가 주종을 이루고 군데군데 소나무가 군락을 이룬 혼효림이다. 소만(小滿) 무렵, 툇마루에 걸터앉아서 멍청하게 산을 건너다보면 깜짝 놀라운 사실을 발견할 수 있었다.

　오월의 훈풍이 누런 보리밭을 물결 지우며 건너가서 숲을 흔들었다. 바람이 숲을 위해서 부는 것은 아니다. 바람은 시절을 만난, 난바람이다. 녹음이 우거진 골짜기에 바람이 몸을 뒤섞었다. 참나무들이 환하게 활개춤을 추었다. 음양의 조화 속 같은 질탕한 숲. 이파리를 하얗게 뒤집으며 너울너울 춤을 추는 참나무들의 기탄없는 춤사위, 기품을 도외시한 나무들의 참을 수 없음이 사내들의 희열 같아 보였다. 물론 예술성을 풍기는 춤사위는 아니다. 그렇다고 경망스러운 초라니의 춤사위도 아니다. 신명에 겨워 온몸을 다 휘두르는 사내의 커다란 막춤이다. 그때 소나무들의 태도는 어떤가. 고절스럽고 우아한 기품을 유지하기 위해서 참나무들의 군무(群舞)를 외면하고 독야청청할까. 그러면 숲은 얼마나 극명한 이분법적(二分法的) 사회상을 보일 것인가.

　그러나 소나무는 참나무들의 군무를 보고 은근슬쩍 회심의 미소를 지었다. 수격 높은 나무답지 못하게 '깔―깔―깔―' 거리지는 않고, 가급적 점잖은 체통을 흐트러뜨리지 않는 범위에서 미소처럼 노랗게 송홧가루를 풍기며 굼실굼실 한량무 한사위를 추어 보이는 것이다. 참나무들의 신명에 의도적으로 부화뇌동(附和雷同)하는 소나무의 파격, 그 파격이 소나무의 고절스러운 수격을 손상 시키기는커녕 오히려 한 차원 높은 수격으로 격상시키는 것이다. 고절스러운 기품에다 소탈한 일면까지를 보여 주었다. 소나무의 우수한 사회적 호환성(互換性)

이 과연 자질과 수격이 높긴 높구나 하는 생각을 들게 했다.

임학(林學)에서는 소나무든 참나무든 혼효비율이 75%면 혼효림이라고 한다. 그러나 숲의 사회학적 측면에서 보면 우수한 숲의 모습은 75%를 참나무에 대한 편견이 아니라, 우수한 것은 적어야 귀한 이치를 소나무에 두고 하는 말이다.

어디 우리 동네 앞산뿐이랴. 오월에 '권금성'에 올라서 훈풍에 춤추는 설악산의 숲을 보든지, 주문진 쪽에서 '진고개'를 넘어오다 차를 멈추고 소금강 산자락을 뒤돌아보든지, '문장대'에 올라 속리산을 보면 알 수 있다. 대개 소나무는 등성이의 암석을 등지고 여기저기 군락으로 서 있고 참나무들은 소나무들을 옹립하듯 에워싸고 온 산을 덮고 있다. 참나무에 의해서 소나무의 기품이 뛰어나 보이고, 소나무의 뛰어난 기품에 의해서 참나무의 필요성이 인식된다. 백두대간의 아름다운 숲들은 다 소나무와 참나무가 그렇게 이룬 혼효림이다. 그 돈독한 숲의 사회상이 인간사회에 시사하는 바가 크다고 생각을 하게 되는 것이다.

아버지의 강

아버지의 오른쪽 어깻죽지에 손바닥 만한 검붉은 반점이 있다. 그 반점은 감히 똑바로 쳐다보기조차 어려운 아버지의 완강한 힘과 권위를 느끼게 하는 것이다.

아버지의 반점은 선천적인 것이지 병리적인 것은 아니다. 아버지는 나이 팔십이 넘도록 건강하게 사셨고, 지금은 비록 중풍 든 몸을 지팡이에 의지하시고도 병객인 체를 않고 지내시는 것을 볼 때, 나는 그 반점이 원자로의 핵처럼 당신을 지탱한 동력원(動力源)이 아닌가 생각한다.

내가 아버지의 그 반점을 처음 본 것은 6·25사변이 나던 해 여름, 낙동강 상류의 어느 나루터에서다. 아버지와 나는 피난을 가는 길이었다. 그때 열세 살인 나는 산모퉁이를 돌아서 엄청난 용적(容積)으로 개활지(開豁地)를 열며 흐르는 흐린 강을 아버지의 등뒤에 움츠리고 서서 놀란 눈으로 바라보았다. 저 강을 반드시 건너야 하는 아버지의 이념(理念)을 내 어린 나이로는 짐작할 수 없었지만, 등 뒤에서 점점 다가오고 있는 포성에 마음은 쫓기고 있었다.

그 나루터에는 피난민들이 가득 모여서 아비규환을 이루고 있었다. 나룻배는 이미 피난민들이 떼거리로 덤벼들어서 치열한 쟁탈전을 벌이다가 요절을 내버렸고, 흐린 강을 건널 길은 직접 몸으로 강물을 헤쳐서 건너가는 방법밖에 없었다. 아버지는 한동안 우두커니 서 계셨다. 이윽고 아버지는 옷을 벗으시고 내게도 옷을 벗도록 이르셨다. 그리고 꼭 필요한 옷가지만 바랑에 담아 머리에 이고 허리띠로 턱에 걸어 붙들어 매셨다. 그런 다음 나를 업으셨다. 강을 건너가시기로 마음을 굳히신 것이다.

"아버지 목을 꼭 잡고 얼굴을 등에 꼭 붙여라. 어떤 일이 벌어져도 절대로 움직이지 마라."

나는 아버지의 그 반점을 그때 처음 보았다. 아버지 신체의 비밀을 발견하고 나는 당혹감에 얼굴을 아버지의 등에 대지 못하고 엉거주춤하고 있는데, 아버지의 불호령이 떨어졌다.

"얼굴을 아비 등에 꼭 붙여라."

나는 엉겁결에 얼굴을 아버지의 등에 꼭 댔다. 내 얼굴이 반점에 닿지는 않았지만 바로 눈앞에 화난 아버지의 검붉은 얼굴 같은 반점이 나를 쳐다보고 있었다.

아버지는 강을 건너기 시작하셨다. 강 한가운데로 한발한발 꿋꿋하고 조심스럽게 내딛으며 나가셨다. 강물에 휩쓸려 떠내려가는 사람도 있었다. 아버지는 그 사람들에게 부딪치지 않도록 조심하며 건너셨다. 떠내려가는 사람에 부딪치면 같이 쓰러져서 물살에 휩쓸려 떠내려갈 수밖에 없는 상황이었다.

강 한복판에 도달하였을 때, 아버지는 강바닥의 모래가 패인 곳을 밟으셨는지 키를 넘는 물에 잠기셨다. 나는 물을 먹고 엉겁결에 얼굴을 들다가 아버지의 불호령이 생각나서 아버지의 목을 더욱 꼭 잡고 얼굴을 등에 댔다. 아버지는 쓰러지지 않고 꿋꿋하게 모래 웅덩이에서 헤어 나오셨다. 거기서 아버지가 쓰러지셨으면 다시는 바로 서지 못하고, 우리 부자는 흐린 강물에 떠내려갔으리라. 나는 세월이 흐를수록 더욱 뚜렷하게 그때가 되살아나서 등골이 오싹해지곤 한다. 아버지의 그 초인적인 의지가 어떻게 생겨났을까, 아무리 생각해도 불가사의 할 뿐인데, '내 힘이니라' 듯이 눈앞에 아버지의 반점이 선명하게 떠오르는 것이다.

드디어 강을 건넜을 때, 아버지는 모래바닥에 나를 내동댕이치듯 내려놓으시고 모래바닥에 엎드려서 어깨를 들썩이며 서럽게 우셨다. 내가 아버지의 우시는 모습을 본 것은 그때 한 번뿐이다. 아버지의 그 울음은 삶과 죽음의 강을 건넌 감격 때문이었는지, 가혹한 역사의 순간에 대한 공포의 오열이었는지 알 수 없다. 가끔 그게 6·25의 발발 원인마치나 궁금하다.

강변 모래바닥에 엎드려 오른쪽 어깻죽지의 검붉은 반점이 들썩거리도록 소리 없이 우시던 아버지의 아픈 한 시대는 그 흐린 강물처럼 흘러갔지만, 아버지의 반점은 그때 그 아픈 강과 더불어 분명하게 내 머릿속에 남아 있다.

그 후, 나는 아버지의 그 반점을 오랫동안 볼 수 없었다. 아버지는 어깻죽지의 반점을 다시는 내게 보여 주지 않으시고 당신의 인생을 착실하게 이뤄 노년이 되셨고, 내 인생도 부실하게 머지않아 노년에 이를 것이다.

그 강을 건너서 참 오랫동안 우리 부자는 각자의 인생을 나이 차이만큼 떨어져서 걸어왔다. 아버지는 항상 내게 확신을 갖지 못하시고 불쾌한 얼굴로 돌아보며 저만큼 앞서 가시고, 아버지에게 확신을 심어 주지 못한 나는 주눅이 들어서 그 뒤를 따라왔다. 그 까닭은 아버지의 힘에 대한 위압감 때문인데, 그때마다 그 강이 생각났다. 내가 아버지로서 그 범람하는 필연의 강에 섰을 때, 과연 나는 열세 살 먹은 내 자식을 건사해서 무사히 강을 건널 수 있었을까? 자신이 없다. 아버지는 그런 내 의지의 박약함을 눈치 채시고 나를 '못난 놈' 하고 나무라시는 것만 같아서 아버지 앞에서 나는 늘 움츠러드는 것이다.

이제 아버지와 나는 다시 아버지의 강에서 만났다. 중풍에 드신 아버지는 그 흐린 강가에 앉아서 건널 엄두를 내지 못하시고 뒤따라오는 자식을 기다리신다. 아버지는 의타심이 간절한 눈길로 뒤따라온 나를 바라보신다. 이제 비로소 내 등에 업혀 강을 건너가시려고 못난 지식에게 기우는 아버지가 가엾고 고맙다. 그 강에서 아버지가 나를 소중히 건사해서 건네 주셨듯 이제 내가 어비지의 숨찬 강을 건너 드려야 한다. 그래서 나는 아버지의 등만큼 완강하지 못한 내 등을 감히 아버지께 돌려대 드린다. 그 빈약한 내 등에 기꺼이 업혀 주시는 아버지가 눈물겹도록 고마울 뿐이다.

나는 가끔 아버지의 목욕을 시켜 드리는데, 아버지의 그 반점을 마음대로 만져 볼 수 있어서 기쁘다. 자식 도리 한다는 자부심 때문이다. 그것은 비로소 아버지의 위압감에서 해방된 자유로움이기도 하다. 그러나 아버지의 반점은 아직도 완강하고 고집스러워서 내게 '임마, 교만 떨지 마. 도리면 도리지 무슨 자부심이야'라고 하시는 것 같다.

몇 달 전, 나는 하회마을을 다녀오는 길에 그때 그 나루였지 싶은 낙동강 상류 어디를 가 보았다. 아버지의 극적인 강을 다시 보고 싶어서였다. 육중한 콘크리트 다리가 가로놓인 강 양안에는 생선 매운탕을 해서 파는 '무슨 무슨 가든'이라는 간판이 달린 현대식 콘크리트 건물들이 즐비하게 서 있었다. 강은 넓은 모래바닥에 턱없이 적은 강물이 흘러갈 뿐, 경이로운 아버지의 강에 대한 이미지는 찾을 길이 없었다.

건너편 강기슭에서 포클레인이 모래를 덤프트럭에 퍼담고 있었다. 아버지의 생사의 발자국이 사금(砂金)같이 침전된 강바닥을 포클레인이 무심하게 덤프트럭에 퍼담고 있었다.

아버지의 한 생애가 마침내 해체되는 것 같은 덧없는 강일 뿐이었다.

간이역

경부선 조치원과 부강역 사이에 내판(內板 : 안너딜이)라는 간이역이 있다.

아침저녁 대전과 천안을 오가는 비둘기호가 한번 설 뿐인데 그나마 이용하는 승객은 거의 없다. 다만 옛날부터 기차만 타 본 촌로(村老)들이 길들여진 습관 때문에 이용하고, 혹 시간이 맞는 샐러리맨과 통학생들이 가끔 이용할 뿐이다. 지금은 역 앞으로 대전 조치원 간, 청주 부강 간 시내버스가 연락부절로 지나다닌다. 그런데 누가 하루 딱 한번, 그것도 특급열차에 밀려 연발착이 일쑤인 구간 완행열차를 믿고 기다리겠는가. 그런 어리석은 인내심을 가진 사람은 시골 내판에도 지금은 없다.

항상 역사의 문은 자물쇠로 채워져 있다. 녹슨 자물쇠는 주먹만 한 쇳덩어리로 한 시대 전 골동품이다. 이 자물쇠는 하루 한번 서는 비둘기호가 들어올 때쯤 늙수그레한 시골 아저씨가 유유히 나타나서 푼다. 그리고 그 아저씨는 구내 채소밭으로 가서 배추, 상추, 아욱 같은 채소를 가꾼다. 혹 손님이 찾으면 역사로 가서 표를 팔고 어슬렁어슬렁 채소밭으로 되돌아간다.

이윽고 기차가 와서 정차를 해도 그 아저씨는 출구로 가지 않고 괭이자루에 턱을 괴고 서서 기차에서 내리는 승객을 바라본다. 혹시 낯선 사람이 있나 해서지만 늘 보는 그 얼굴일 뿐 낯선 손님이 있을 리가 없다. 젊은 사람이나 아낙네들은 '아저씨' 하고, 늙은이들은 '여보게' 하고 그를 부르긴 하지만 그더러 와서 표를 받으라는 게 아니라 다녀왔다는 인사치레 겸, 늘 하던 대로 차표는 역사 뜰에 놓고 갈 테니 그리 알라는 뜻이다.

승객도 없는 역사에 역무원을 배치하는 것이 비경제적이라고 판단한 철도청 시책에 따라 철도와 연관이 있는 지방 사람에게 역무를 위탁한 것 같다.

내판역은 1920년경 충남 연기군 동면 주민들의 진정에 의해서 세워진 간이역이라고 기록되어 있다. 역을 세운 내력이 흡사 주민을 위한 식민정책의 일환인 것 같지만, 일본사람들의 위선적인 기록일 뿐 사실은 수찰의 목적으로 세워진 역인 것이 분명하다.

내판역은 소위 미호평야라고 일컫는 넓은 안너덜이 들판 한 녘에 서 있다. 어수룩한 안너덜이 사람들이 기차를 태워 달라고 관청 앞에 가서 데모를 했을 리도 없고, 또 데모를 했다고 해서 일본사람들이 이익 없이 역을 세웠을 리도 만무하다.

역 구내의 넓은 공터는 시커멓게 콜타르를 칠한 목조 양곡 창고가 서 있던 자리일 것이다. 기름진 들판의 곡식을 수탈해서 쌓아 두었던 창고, 국방색 국민복을 입고 각반(脚絆)을 찬 일본사람들이 서슬이 시퍼렇게 곡식 가마니를 창고 안에 들여 쌓는 일과 화차에 내다싣는 일을 독려하던 모습이 눈에 선하다.

달빛 아래 하얗게 꽃을 피우고 서 있는 플랫폼의 개망초 대궁을 보면 꼭 유민(流民)의 길에 오르던 그때의 농민들 모습만 같다.

쌀이 남아도는 현실을 생각하면 배가 고파서 정든 고향을 버리고 북지로 떠나던 당시의 유민들이 눈에 선해서 일본 강점기의 간악한 수탈을 짐작케 되는 것이다. 빼앗긴 자와 빼앗은 자의 애환이 같이 서 있던 1920년대의 플랫폼, 지금은 다 짜먹은 술항아리의 공허한 용적(容積)같이 여운만 남아 있다.

개망초꽃 하얗게 핀 잃어버린 플랫폼에
황혼을 등지고서 차가운 손 흔들면서
역원(驛員)은 소실점(消失點) 너머 북행 열차를 띄운다.

기르진 내판 들녘 이삭 같은 수많을 두꼬
다 뺏긴 백성끼리 때 묻은 맨상투로
시린 손 꼭 쥐어 주며 헤어지던 수탈의 역.

나는 격앙된 나를 달래러 내판역에 온다. 계절에 따라 다른 고적한 간이역의 모습이 나를 침착하게 해주기 때문이다.

무르익은 봄의 간이역은 눈물겹도록 외롭다. 어느 역 구내와 다를 바 없이 개나리, 진달래가 화사하게 핀다. 보아주는 여객이 없는 유감한 꽃들. 아지랑이가 피어오르는 선로 위로 특급열차가 꽃들의 고운 자태에 심술궂은 굉음을 던지고 질주해 가고 나면 적막한 한숨같이 남는 봄.

역사 앞에 해묵은 라일락나무가 한 그루 서 있다. 역 구내에 가득하게 풍기는 진한 라일락 향기로 해서 오히려 적막은 애틋하다.

옛날에 이 라일락꽃이 필 때, 많은 남녀 통학생들도 첫사랑을 꽃피웠으리라. 지금도 이 간이역을 통해서 통학을 한 노인들이 사그라지는 불꽃같은 추억을 되살려 보려고 이 라일락꽃이 핀 나무 아래 향기를 따라 와서 서 있어 볼지 모른다.

그 나무 곁에 서서 여학생은 씩씩한 남학생의 무심한 마음 때문에 슬퍼했고, 남학생은 진달래 꽃빛같이 피는 여학생의 용태에 몸달아 했을 것이다. 이 라일락나무 곁에서 눈이 맞아 사랑을 이룬 어떤 통학생은 그때의 라일락 향기를 소중하게 가슴에 지니고 노랗게 탈색된 투명한 가을 내판 들녘처럼 후회 없이 늙어 갈 것이다.

가을날 내판역 플랫폼에서 바라보는 광활한 황금 들녘에 지는 저녁 노을은 가슴이 터질 듯 장쾌하다. 내판은 들도 넓지만 하늘은 더 넓다. 그 하늘이 온통 시뻘겋게 물들면서 하루가 저문다. 들녘에 잔광이 가득 내려앉고 하루 일을 마친 농부들이 그 빛 속에 서 있는 저쪽, 저녁연기 자욱한 산자락에 안긴 동네를 바라보면 밀레의 그림을 보는 것처럼 마음이 가득 차오른다.

그때 급행열차가 플랫폼을 통과한다. 열차가 서지 않는 저 문 플랫폼에 사람이 서 있는 것이 수상해서인지 '빵ー' 하고 경적을 울린다. 나는 기관사가 불안하지 않게 선로에서 멀리 떨어진다. 그러면 거침없이 굉음을 끌고 노을진 소실점 속으로 사라지는 열차. 열차가 사라진 역 구내 저쪽에 어둠에 묻히는 외로운 시그널. 빨간불이 잠시후 파란불로 바뀐다. 뒤따라서 열차는 또 다가오는 중이고 폐색기(閉塞器)는 열려 있으니 통과하라는 신호다. 송년 음악이 거리에 넘치는 세모에 나는 혼자 이곳에 와서 시그널을 볼 때가 있다. 사라지면 또 나타나고 간단없이 통과하는 급행열차들을 속력과 거리를 측정해서 추돌 사고 없이 통과시키는 시그널의 모습이 마치 왕조(王朝)말 변천하는 시대적 오류의 연속선상에서 현재를 직시하던 사관(史官)의 눈빛처럼 결연하다 못해 고독해 보였다. 눈발이 분분한 역 구내 저쪽 끝에 서 있는 시그널의 파란불이 내게 선택의 여지가 없음을 일깨워 주었다. 통과하라. 주저하지 말고, 다음 역을 향해서, 뒤따라서 다른 사실(史實)처럼 기차가 다가오고 있다. 시그널 불빛은 단호했다.

한 시대의 흔적 같은 눈 내리는 간이역에 구애(拘碍) 없이 온전히 나 혼자인 채로 서 있으면 후회스러웠던 날들 중에서도 더러는 낭비가 아니었던 내 생의 사실(史實)을 발견하게 되어서 좋다.

고모부

어느 해, 첫추위가 이는 날 해거름에 고모부가 오셨다.

눈발이 산란하게 흩날리는 풍세(風勢) 사나운 날이었다. 퇴장(土墻) 냄새 가득한 방안에 식구가 다 모여서 저녁밥을 먹고 있었다. 우수수 울타리를 할퀴고 가는 매운 바람소리와 하등 상관없이, 단 구들과 새로 담은 화롯불의 온기로 방안은 그지없이 안락했다. 단란한 밥상머리의 조건은 진수성찬과는 아무 상관이 없다. 퇴장 냄새 한 가지만으로 밥상은 진수성찬이었는데 그 까닭은 식구 중 아무도 그 풍세 속에 나가 있지 않다는 사실 때문이었다.

"참 좋다."

그렇게도 좋으신지 밥상머리에서 한숨처럼 조용히 토하시던 할머니의 감탄사다.

그런 날 저녁때 고모부가 오셨다.

뜰 위로 사람이 올라서는 기척이 나더니 "정 서방입니다." 하는 소리가 들렸다. 아버지가 벌컥 방문을 열어 젖히셨다. 뜰 위에 키가 껑충하게 큰 초로의 남자가 주루막을 지고 서 있었다. 아버지가 나가서 맞아들였다. 그 분이 고모부였다. 내 기억에는 그때 처음 고모부를 본 것으로 되어 있다. 전에도 후에도 고모부를 뵌 기억이 없다.

고모부는 지고 오신 주루막을 마루에 벗어 놓고 방안으로 들어오셨다. 차가운 겨울 외풍이 고모부를 따라 들어와서 튀장 냄새를 몰아내고 그 자리를 차지했다. 원래 침입자는 무례한 법이라지만, 방안의 단란을 풍비박산 내고 들어선 고모부가 내게는 퍽 무례할 뿐이었다. 그러나 할머니와 아버지, 어머니는 반색을 하셨다.

고모부가 할머니께 큰절을 했다. 할머니가 내게 절하라고 이르셨다. 나는 절을 했다.

"그새 많이 자랐구나!"

고모부가 내 절을 받고 하신 말씀이다. 그리고 보면 전에 고모부와 나는 면식이 있었던 모양인데 나는 영 기억이 나지 않았다. 내가 아주 어릴 때 무심하게 뵀던 모양이다.

"마누라가 있나, 장성한 자식이 있나 어찌 환갑을 해 먹었노!" 하시며 할머니가 우셨다. 그 울음은 요절한 딸 생각과 홀아비 사위의 환갑잔치의 연민 등 만감이 교차하는 울음이었으리라. 아버지가 사위 앞에서 웬 청승이냐고 윽박지르셨다.

"잘해 먹었습니다."

고모부가 대답하셨다.

"잘해 먹었다니 다행일세―."

할머니는 고모부에게 두루마기를 벗으라고 하셨다. 고모부가 두루마기를 벗자 할머니는 두루마기를 둘둘 말아서 어머니께 밀어 놓으며 빨라고 이르셨다. 고모부가 환갑 때 입은 두루마기라며 아직 빨 때가 안 되었다고 손사래를 쳤으나, 할머니는 동정이 까만데 무슨 소리냐며 굳이 빨도록 이르셨다. 고모부는 두루마기를 빨아서 새로 꾸미는 며칠간을 머무르셨다. 짐작건대 할머니가 고모부의 두루마기를 빨게 하신 것은 고모부를 며칠 간 잡아두시려는 심산이셨던 것 같다.

고모부가 어머니께 주루막에 술과 안주가 있으니 상을 보아달라고 하셨다. 고모부 말씀에 어머니가 밖으로 나가셨다. 나도 어머니를 따라 나갔다. 툇마루는 한겨울이었다. 고모부가 지고 오신 주루막을 열자 안에는 한지로 공손하게 싼 돼지 다리 하나와 술 한 병이 들어 있었다. 돼지 다리는 앞다리인지 퍽 작았다. "아이고, 돼지 다리가 작기도 하다. 미처 크지도 않은 돼지를 잡았는가 보다." 어머니가 한지(韓紙)를 풀어 헤치고 하신 소리가 지금도 귀에 남아 있다. "원ㅡ, 하얗기도ㅡ. 새로 뜬 문종인가 보네." 하시며 비단 피륙인 양 애착의 손길로 한지 바닥을 만져 보셨다. 한지 복판은 기름이 촉촉하게 배어 있었으나 네 귀퉁이는 새벽 눈밭처럼 하얗다. 술은 용수 질러 뜬 맑은 술이었을 것이다.

"불쌍한 고모부ㅡ."

어머니가 말씀하셨다. 당시 나는 고모부가 왜 불쌍하다는 것인지 몰랐다. 자라면서 어머니의 말씀이 새는 날처럼 뿌옇게 맑아져서 지금은 나도 고모부가 생각나면 불쌍하다는 생각이 앞서지만 그 때는 몰랐다.

고모부는 고모가 돌아가시고 새 장가를 들었는데 움고모가 가 버리고 홀로 환갑을 맞으셨다. 내 고종사촌 누이는 과년이었고, 고종사촌 남동생은 어렸다. 그런 처지에서 고모부는 환갑잔치를 하신 것이다. 환갑잔치란 부모가 벌어 높은 재산을 가지고 자식이 낯을 내는 것이라고 한다. 그러니 당신의 환갑잔치를 당신이 주선해서 치른 고모부는 얼마나 심정이 서글펐을지 짐작이 간다. 그리고 장모님께 환갑잔치한 인사를 드리러 오신 것이다.

나의 고모부에 대한 기억은 그 때뿐이다. 그 전에도 후에도 뵌 기억이 없다. 그 전에는 어렸으니까 기억에 없다 치더라도 그 후에는 뵌 기억이 당연히 있어야 하는데 없다. 고모부는 환갑잔치를 하고 얼마 안 되어 돌아가신 듯하다.

가끔 겨울 저녁 바람에 두루마기 자락을 흩날리며 길을 가는 사람의 먼 모습을 보면 고모부 생각이 난다. 고모부가 가지고 온 작은 돼지다리가 생각나 나를 슬프게 한다. 나도 훗날 동네 환갑 잔칫집 과방 일을 보아서 알지만 돼지 다리 하나를 남기려면 잔칫집 안주인이 여간 굳세게 버티어 가지고는 어림도 없는 일이다. 궁핍한 시대 아닌가. 소를 잡아서 잔치를 해도 먹새를 당해내지 못할 만치 궁핍한 때, 다 자라지도 못한 돼지를 잡아서 잔치 손님 입에 돼지 기름칠이나 했을 것인가. 잔칫집 안주인은 먼 데서 오신 일가친척 손님들이 돌아가실 때 봉송할 걱정이 돼지 다리를 하나쯤은 빼돌려 놓게 마련이다. 과방에서는 조치개 접시 담을 돼지고기가 떨어지면 그걸 노린다. 그래서 과방장이와 잔칫집 안주인은 잔치 막판에 돼지다리 때문에 일쑤 잘 싸운다.

그건 잔칫집 안주인이나 할 수 있는 일이지 바깥주인은 그러지 못한다. 그런데 고모부는 어떻게 그 작은 돼지 다리를 끝까지 지켜 가지고 장모님께 갖다 드렸을까, 생각하면 고적한 홀아비의 환갑잔치가 얼마나 슬픈 피치 못할 통과의례였을지 짐작되는 바있어서 어머니처럼 '불쌍한 고모부' 소리가 절로 나오는 것이다.

따뜻한 방안에 앉아서 방 밖의 눈보라치는 소리를 듣는 행복감을 작고 흔한 것이라고 생각하면 죄 된다. 기실 삶의 각고(刻苦)가 누적된 후에 아는 것이기 때문이다. 여북하면 과묵하신 할머니가 '참 좋다'고 한숨처럼 감탄을 하셨을까.

지금도 나는 겨울날 따뜻한 방안에 앉아서 방 밖의 사나운 풍세 소리를 들으면 고모부를 생각한다. 눈밭같이 흰 한지에 작은 돼지 다리를 부모 시신을 염습하듯 소중하게 싸서 주루막에 담아서 지고, 호말(胡馬) 떼 달리듯 하는 풍세 속으로 고개를 넘고 강벼루를 돌아 장모를 뵈러 오신 사람의 도리가 나를 숙연하게 한다.

목도리

대관령 못미처 횡계라는 동네가 있다. 지금은 풍부한 강설량 덕분에 스키장이 발달해서 겨울 위락단지가 되었지만, 60년대 말에는 여름에 고랭지 채소와 감자 농사를 짓고 겨울에는 적설에 파묻히는 고적하기 이를 데 없는 산촌이었다. 나는 강릉 영림서의 횡계분소 주임으로 그 산촌에서 한 해 겨울을 난 적이 있다.

그곳은 눈은 선전포고처럼 대설주의보를 앞세우고 왔다. 일기예보는 전국적으로 비가 내릴 거라면서 다만 강원도 산간지방에는 많은 눈이 내릴 것이라고 했는데 그건 횡계를 두고 한 말 같았다. 일반적인 일기가 예보될 때 별도의 일기를 예보해야 하는 고장에 가족을 이끌고 온 나는 내 삶에 대한 우려를 금치 못했다.

질고의 젊은 여류시인의 등단 작품인 〈초설(初雪)〉을 보면 설국의 첫눈 규모가 어떤지 알 수 있다. 그 시인은 한계령에 내리는 첫눈을 읊었지만 한계령의 첫눈이나 대관령의 첫눈이나 서사적(敍事的)인 강설 규모이긴 마찬가지다. 그 여류시인은 몰리어 가는 눈발을 '순백의 고요한 화해, 그 눈부심'이라고 표현했다. 한 번의 첫눈으로 그곳은 천지간에 순백으로 하나가 되었다.

그렇게 첫눈이 내린 후 대관령에는 겨우내 간헐적으로 '끝없이 이어지는 흰 깃발의 행렬' 같이 눈이 내렸다. 눈이 내릴뿐 아니라 바람이 눈을 몰아다 바람받이에 쌓아서 설구(雪丘)를 만들어 놓았다. 설구의 곡선은 마치 여인의 둔부같이 아름답기 그지없는데 햇살이 비추면 설백의 탄력 있는 부피가 젊은 성욕을 충동질했다.

어느 날은 바람이 눈을 몰아다 우리가 거주하는 분소 관사의 방문과 부엌문에 쌓아서 누가 눈을 치워 주기 전에는 꼼짝없이 방에 갇혀있는 경우도 있었다. 에스키모의 눈집이 얼마나 아늑한지 나는 그때 알았다. 잊어버리고 아무도 오지 않으면 눈집 속에서 곰처럼 겨울잠이나 자려고 했으나 사람들은 우리를 잊어버리지 않고 달려와서 눈을 치워 주었다.

백설이 애애한 긴 겨울의 권태를 꾹 참게 하던 내 아이들이 만든 동화(童畵) 한 폭. 눈이 쌓이지 않은 처마 밑으로 여섯 살짜리 계집애가 네 살짜리 사내에 손을 꼭 잡고 게처럼 모퉁이 걸음으로 가겟방에 과자를 사러 가는 모습이 지금도 눈에 선하다. 저것들을 잘 길러 낼 수 있을까? 적설량이 젊은 가장의 기를 죽였으나 부성애가 바람꽃처럼 적설량을 떠들시고 고개를 드는 것이었다.

작은 산골 동네의 적설량만큼이나 무겁고 적막한 침묵은 사람의 의지마저 묻어 버리는 듯했는데, 다행히 '지엠씨'가 끊임없이 대관령 너머에서 명태를 실어다 설원 한복판을 가로지르는 얼어붙은 횡계천에 부렸다. 황태(黃太)덕장이 설치된 것이다. 그곳에 황태덕장이 설치되지 않았으면 그 겨울을 어떻게 났을지 아득하기만 하다. 동네사람들은 대부분 겨우내 횡계천에 나가서 명태를 씻었다. 동네에서 건너다보면 하얀 설원 한가운데서 온종일 작은 삶의 동요가 일어 설원 가득히 파묻혔다.

여자들은 명태를 두 마리씩 코를 짓고 남자들은 명태 두름을 냇물에 씻어서 덕장에 매다는 지극히 단조로운 작업이 하루 종일 계속 되었다. 개인 날 햇살을 되쏘는 눈부신 설원 복판의 움직임이 피안(彼岸)처럼 아득하게 건너다 보였다. 나는 그 광경을 망막이 아파서 잠깐씩 외면을 하면서 하루 종일 건너다 보았다.

저녁 때 하얀 산등성이 너머로 해가 지는 광경은 장관이었다. 온 설원을 빨갛게 물들이며 커다란 해가 손에 잡힐 듯 가까이서 졌다. 나는 장엄한 광경에 가슴 뻐근한 심근경색 증세를 느끼곤 했다.

황태덕장 일꾼들도 그때서야 하루 일을 끝내고 동네로 돌아왔다. 일렬로 늘어서서 동네로 드는 이꾼들의 빨갛게 물든 침묵. 얼마나 춥고 긴 하루였을까. 그러나 나의 연민은 기울일 뿐, 그들의 노을에 젖은 빨간 얼굴에는 새실새실 삶의 기쁨이 피어나고 있었다.

황태덕장에서 돌아온 아낙네가 빨갛게 언 커다란 손으로 아내의 눈처럼 창백한 손을 잡고 "아이고, 손이 이게 뭐래요. 어디 아픈 거래요" 하며 명태 한 코를 건네주고 갔다. 아내는 하얀 빈손이 부끄러워 쩔쩔매며 명태를 받았다. 아내의 손은 권태에 하얗게 지쳐 있었다.

나는 어느 날 강릉 내려가서 '오공오' 털실을 사 왔다. 아내는 하얀 손으로 열심히 그 털실로 목도리를 짰다. 아내는 아주머니들이 황태덕장 일을 나갈 때 시작해서 아주머니들이 손이 빨갛게 어는 온종일 목도리를 짰다. 그리고 긴긴 겨울밤 내내 목도를 짰다. 밤이 깊어서 그만 자자고 보채도 아내는 조금만 더 조금만 더 하며 자지 않았다. 창밖을 내다보면 하얀 산맥 위로 캄캄한 하늘에 별들이 오들오들 떨고 있는데, 우리 애들은 방안에서 동면하는 다람쥐처럼 곱게 잠들어 있었다. 애들 얼굴을 들여다보면 참 행복했다.

아내는 겨우내 목도리를 짰다. 그리고 명태 한 코를 들고 들르는 동네 아낙네 목에 그 목도리를 감아 주었다.

"새댁, 고마워. 목도리를 목에 감으면 온몸이 다 따스해. 세상없이 추운 날도 추운 줄을 몰라—."

황태덕장 일은 눈 오는 날도 계속 되었다. 가뭇하게 눈발 속에 묻히는 황태덕장, 드디어 시야가 뽀얗게 닫히고 그 넘어서 황태덕장 일은 계속 되었다. 하루 종일 저무는 날처럼 어둑했다. 황태덕장 일꾼들이 강설에 묻혀 버리는 게 아닌가 걱정이 되었으나 저녁때면 날은 개이고 역시 설원을 빨갛게 물들이며 해가 졌다. 빨갛게 물든 황태덕장 일꾼들의 행렬. 아내와 나는 애들을 안고 창가에 서서 그 엄숙한 귀로를 맞이했다.

'오공오'는 값싼 화학 털실이다. 아내는 훗날 살기가 좀 나아졌을 때 횡계 황태덕장 아주머니들에게 순모 털실로 목도리를 떠주지 못한 걸 아쉬워했다. 그러나 반드시 재료가 품질을 결정하는 것은 아니다. 공정(工程)이 품질을 결정할 수도 있다. 온몸을 다 데울 수 있는 목도리는 없다. 그러나 아내가 뜬 황태덕장 일꾼들의 목도리는 두르면 온몸이 따습다고 했다. 긴 겨울밤을 지새운 아내의 정성스러운 수작업에 깃들인 마음을 목에 둘러서 그들의 마음도 따뜻했던 것인지 모른다.

저녁때 눈발이 서는 동네로 들어서는 아주머니들이 똑같은 색깔에 똑같은 크기의 목도리를 목에 감고 있는 것을 보면 행복했다. 밤을 지새워 목도리를 짜는 아내 곁에서 산맥의 겨울바람 소리를 듣던 생각을 하면 추위가 얼마나 따뜻한 것인지 새삼 그립다. 인생의 과정들, 어느 하나인들 소중하지 않은 것이 있을까.

아내는 그렇게 바쁜 겨울을 그 다음에는 지내보지 못했다. 적설에 묻힌 한겨울 동안 털목도리를 뜰 수 있게 해준 계기, 횡계 황태덕장 일꾼들이 보여준 인간적 안색을 고마워했다. 그분들이 준 명태 맛이 그립다. 아내는 눈만 오면 횡계를 생각하고 금방 내린 적설처럼 순박해진다.

그리운 시절

그리운 시절들은 다 여름에 있다. 여름이 젊음의 계절이기 때문인지 모른다. 성장만 하면 되는 여름은 무모하다. 가능성을 배제하지 않은 존재의 향일성(向日性)들은 아픔도 모르고 세포분열에 주력한다. 아, 그리운 시절, 그 여름날들.

산그늘 진 갈매실 냇가의 자갈밭은 그 시절 우리들의 아지트였다. 개성대로 솔직하던 고향친구들이 은밀하게 모여서 주량을 늘여 가고, 끽연 폼의 멋을 창출하고, 여울낚시의 기량을 숙달시키고, 매운탕 끓이는 법을 익혔다. 그리고 음모하고 실행했다.

이발소집 주호는 '홍은반점'에 새로 온 색시에게 반했다. 우리는 주호가 밤중에 색시를 겁탈하러 주방의 환기창을 타넘어 가는 것을 음모하고 실행했다. 성장은 무모한 만큼 미숙해서 우리들의 음모는 주호를 아직 국물이 덜 식은 국수가락 삶는 솥에 빠뜨리고 말았다. 뜨거워 죽는다고 비명을 지르는 주호를 주인이 달려나와서 닭장에 든 살쾡이 때려잡듯 자장 볶는 무쇠냄비로 때려잡았다. 겁탈은 미수에 그치고 말았지만 주호의 모험심이 얼마나 순진하고 아름다운 것인지, 그 산읍까지 흘러온 색시가 알 리 만무했다. 그 색시뿐 아니다. 우리도 더 성숙하고 더 까바라진 인생에 진입했을 때서야 그것을 아름다운 사실로 의견 일치를 보았고, 두고 기억하는 것이다.

굽어서 흘러온 냇물은 자근자근 속삭이며 한들 모퉁이를 돌아서 흘러갔다. 노을이 빨갛게 물든 수면 위로 피라미들이 은빛 찬란하게 뛰어올랐다. 피라미의 도약은 수면을 나는 날벌레 포식(捕食)의 한 방법에 불과한 것이지만 성장기의 미숙한 감수성은 피라미가 노을에 취해서 무모한 도약을 하는 것이라고 눈물겨워했다. 나는 언제쯤 저렇게 찬란한 도약을 해볼 것인지, 고개를 들어 하늘을 보면 지는 노을이 나를 더욱 눈물겹게 했다.

햇빛은 1,064미터 높이의 조령산 봉우리에 걸리고, 냇물과 나란히 가는 신작로로 막차가 뽀얗게 먼지를 날리면서 산읍으로 들어왔다. 그때서야 최선을 다해서 울던 말매미가 울음을 뚝 그쳤다. 우리는 매미의 울음이 시사(示唆)하는 바에 대해서 유의(有意)하지 못했다. 긴 세월을 땅벌레로 살고 나서야 비로소 매미가 되어 우는 것이다. 삶의 환희와 삶의 결론을 얻기 위한 생명의 치열한 절규인 것을 우리는 한낱 매미의 한유(閑遊)로만 인식했다.

해가 넘어가고 시원한 바람이 휘도는 신작로 소몰이꾼이 소를 몰고 지나갔다. 소를 한 마리는 앞세우고 한 마리는 뒤에 세우고 소몰이꾼은 가운데 서서 걸어갔다. 소몰이꾼은 저 큰

짐승을 어떻게 가운데 서서 고삐 하나로 통제할 수 있는지 궁금했을지언정 이 쇠전에서 다음 쇠전으로 밤을 새워 가는 그 묵묵한 소몰이꾼의 밤길이 꿋꿋한 그의 일관된 생애임을 우리는 알 리 없었다. 나는 자갈밭에 누워서 등허리에 배기는 자갈들의 아픔을 참고 밤하늘에 하나 둘 돋아나는 별을 세며 생각했다. 소몰이꾼과 소는 지금 어디쯤 가고 있을까.

어찌 냇물만 흘러가고, 소몰이꾼만 밤길을 걸어갔으랴. 아지트인 그 냇가에 성장기의 미숙한 해프닝만 남겨 두고 우리들의 생애도 각자의 밤길을 꿋꿋하게 혹은 경거망동하게 개성대로 참 멀리 와 있는 것이다.

돌아보면 아른아른 그리운 시절은 이 여름 안에 아직도 남아 있다.

당목수건

공군사관학교에 여자생도가 입교했다. 여생도들이 정식 사관생도가 되기 전에 반드시 거치는 가입교(假入校) 훈련 모습이 KBS에 방영되었다. 가입교 훈련은 공군 사관생도가 될 수 있는지 자질과 체력을 시험하는 과정이라고 한다. 여기서 낙오하면 입교가 되지 않는다. 여자의 몸으로 얼룩무늬 군복을 입고 제식훈련과 사격은 물론, 완전 군장을 하고 15킬로미터를 구보하는 등 남학생과 똑같이 혹독한 훈련을 받는다. 체력의 한계를 넘는 여자의 인내심이 눈물겨웠다. 여성을 초월하는 그 상식 밖의 힘이 어디서 생기는 것일까. 모성(母性)인지도 모른다.

마침내 훈련과정을 이겨내고 감격의 눈물을 펑펑 쏟으며 부모님께 입교 신고를 하는 여생도들ㅡ. 다감다정한 곡선미를 그대로 드러내 보이는 여자 사관생도들의 제복 모습이 참 아름다웠다.

흔히 "여자 팔자는 뒤웅박 팔자"라고 했다. 어느 사람의 허리춤에 채워지느냐에 따라 운명이 정해지는 뒤웅박 신세. 남자에게 매이는 여자의 일생을 뒤웅박에 비유한 말일 것이다. 그 가부장적 봉건사회의 통념을 제복의 여자 공사 생도들이 분명하게 허물어 버렸다.

　남자가 보기에도 통쾌하지 않을 수 없다. "빨간마후라는 하늘의 사나이…." 이제 남자들은 전후의 한 시대를 풍미하던 그 유행가를 부르기가 좀 계면쩍게 되었다. 아직 여드름이 빨긋빨긋한 뺨에 여성의 꿈이 깃든 앳된 소녀들이 '빨간마후라'를 목에 두르고 적진 깊숙이 출격하는 전투기 파일럿을 택한 것을 남자들은 건방진 수작이라고 질시(嫉視)해서는 안 될 것이다. 존재를 확립하려는 성(性)을 초월한 용기에 남자들은 마땅히 박수를 보낼 일이다.

　나는 그 공군 여생도들을 보면서 할머니를 생각하고 격세지감을 느꼈다. 내 할머니는 열일곱에 시집오셔서 열아홉에 아버지를 낳으시고 스물한 살에 혼자 되셨다. 그리고 아흔일곱까지 농부(農婦)로 사시다가 돌아가셨다. 당신이 원해서 그렇게 사신 게 아니다. 운명일 뿐이었다. 저 여자 공사생도만한 나이 때 할머니는 가마 타고 시집오셔서 아들 낳고 지아비를 여의고 골방에서 소복을 하고 소리를 죽이고 울었을 것이다. 그것은 정식 사관생도가 되고 엉엉 소리를 내서 우는 저 여자 공군사관 생도와는 전혀 다른 처지의 울음이었다. 할머니의 울음이 운명에 매이는 여자의 일생에 대한 통한의 울음이라면 저 여생도들의 울음은 운명을 깨뜨리고 나서는 감격의 눈물이다.

내 기억에 의하면 안방 횃대에는 할머니의 당목수건이 걸려 있었다. 당목수건은 할머니가 집안에 있을 때만 횃대에 걸려 있었고 할머니가 삽짝 밖으로 나가면 반드시 할머니 머리에 얹혀서 따라갔다. 당목수건은 할머니의 살붙이 같은 것이었다.

나는 문득 저 여자 예비 공사생도가 파일럿이 되었을 때 목에 두를 빨간마후라와 할머니가 머리에 쓰시던 당목수건의 공통점과 차이점을 생각해 보았다. 공통점은 여자가 사용한 물건이고 차이점은 빨간마후라가 장렬한 의지를 나타내기 위한 것이라면 당목수건은 햇볕을 가리고 땀을 닦는 데 쓰였다는 점이다.

당목수건을 보면 할머니의 한 생애가 보인다.

갈걷이가 끝난 상달, 동네 앞 빈 들길로 키가 자그마한 안노인네가 머리에 당목수건을 쓰고 걸어가신다. 뉘 잔칫집에 가시는 것이다. 노을이 골 안에 벌겋게 퍼지는 저녁때, 나는 동네 앞 언덕에 앉아서 할머니를 기다렸다. 할머니는 그 들길로 흥얼흥얼 노랫가락을 읊조리며 취하신 걸음으로 돌아오셨다. 나는 반색을 히고 할미니한데로 미구 달려갔다. 힐미니는 술냄새 나는 입으로 손자의 볼에 입을 맞추고 들길에 무얼 싸가지고 오신 당목수건을 펼쳐 놓으셨다. 편육, 떡, 전, 약과 같은 잔칫집의 차림새가 당목수건에 일목요연하게 진설되었다. 아ー, 기쁨에 단내 얼굴을 감싸주던 만추의 저녁 바람을 잊을 수가 없다. 조손(祖孫)이 동구 밖 들길에 쭈그리고 앉아 있었다. 나는 둥지에서 먹이를 물어다 주기를 기다리고 있던 새끼 새처럼 할머니가 싸 오신 잔칫집 음식을 게걸스럽게 먹고, 그런 나를 쳐다보는 할머니의 얼굴은 노을 빛 때문이지 술기운 때문인지 벌겋게 물이 들었는데 눈을 조그맣게 뜨시고 나를 그윽하게 바라보셨다. 나는 할머니의 그 행복한 얼굴을 생각하면 지금도 행복하다.

싸락눈 내리는 고추같이 매운 동지섣달, 당목수건 한 장으로 추위를 막으시고 할머니가 이강들 강바람을 안고 장터 송 약국에 건너가서 손자의 고뿔 약을 지어 오셨다. 그 할머니의 인동(忍冬)만치나 쓴 첩약을 지어 가지고 오신 언 손으로 이마를 짚으시면 불같은 내 신열이 내렸다. 그 때 싸락눈 내리는 고추같이 매운 동지섣달 추위를 할머니는 당목수건 하나로 견디며 다녀오셨을 것이다.

잔칫상에 둘러앉은 좌중(座中)의 따가운 눈총을 받으며 음식을 한 점씩 골라 당목수건에 싸셨을 할머니의 치사(恥事)가, 할퀴듯 아린 강바람을 안고 가서 지어 오신 탕제(湯劑)가 새삼 목구멍을 뜨겁게 달구며 넘어간다.

나는 당목수건 냄새를 잊지 못한다. 어느 여름날 나는 할머니를 따라서 밭고랑에 엎드려서 무슨 일인지를 했다. 그 때 할머니는 "이 땀 좀 봐." 하시며 당목수건을 벗어서 내 얼굴을 닦아 주셨다. 시큼한 땀 냄새, 동백기름에 전 머리 냄새, 그 불결한 냄새가 세월 따라 향수(香水) 냄새처럼 은은하게 코끝에 스며든다. 할머니의 당목수건 냄새는 할머니의 숙명과 여

자 본성이 섞인 냄새다. 당목수건으로 영위한 할머니의 생애
는 얼마나 고달팠을까. 내 기억에 의하면 당목수건을 쓰신 할
머니가 삶을 섭섭하게 여기시는 기색을 보지 못했다. 할머니
는 당목수건을 머리에 쓰시고 한 필의 스무 새 고운 무명길쌈
을 하듯 공들여서 한평생을 사셨다.

저 여자 공사생도들이 스스로 선택한 빨간마후라가 긍지라
면 할머니의 꽃다운 나이에 졸지에 주어진 당목수건은 그저
운명일 뿐이라는 생각이 든다. 그런데 분명한 것은 여자 파일
럿의 빨간마후라에 비행기 기름 냄새와 화약 냄새만 나서야
어디 훗날 손자의 기쁨으로 남겨질 수 있겠느냐 하는 것이다.
나는 장렬한 여자의 일생에 대해서는 부득이 국민적 경의는
표할지언정 사랑하지는 않을 것이다. 국가적이고 자기중심적
인 여자의 일생에서는 여성의 체취를 느낄 수 없기 때문이다.
그러나 여자는 파일럿이 되지 말라는 말은 아니다. 빨간마후
라를 우리 할머니처럼 당목수건의 용도로 쓰는 여자 파일럿이
되어 주길 바란다. 빨간 마후라에서 편육, 떡, 전, 약과 냄새
도 나고, 향수 냄새도 나고, 탕제 냄새도 나고, 전진(戰震) 냄
새도 나야 한다. 그러기 위해서는 파일럿의 회식자리에서 남
자 파일럿들의 눈치를 보며 빨간마후라에 사랑하는 뉘 입에
넣어 줄 맛있는 먹을거리를 싸가지고 올 수 있는 치사(恥事)도
할 줄 알아야 한다. 나는 빨간마후라에 싼 봉송 꾸러미를 안고
오는 여자 파일럿의 모성적 본색을 상상하며 제복의 섹시함을
신선한 충격으로 바라보았다. 여자 파일럿의 빨간마후라는 이

태리제 실크 머플러가 아니다. 우리 할머니의 당목수건 같은 것이다. 부모님께 '충성' 하고 거수경례를 하는 여자 공사생도의 상기한 예쁜 얼굴에서 나는 그럴 기미를 보았다. 예비 여생도들이 예쁘게 보이는 것은 그 때문이다.

행복한 군고구마

　　내가 강릉영림서 진부관리소 말단직원일 때 월급이 칠천 몇 백 원이었다. 그 돈으로 어린 애 둘과 아내와 내가 한 달을 빠 듯하게 살았다. 어떤 때는 아내가 담배를 외상으로 사다 줄 정 도였다. 새댁이 담뱃값을 건네주면서 조심스럽게 신랑한테 하 던 말을 잊을 수 없다.

　　"담배는 외상 주는 게 아니래. 자기 담배 못 끊지?"

　　늘 퇴근이 늦었다. 잔무가 있어서 늦을 때도 있었지만 잔무 가 없어서 늦는 때도 많았다. 잔무가 없으면 미뤄두었던 고스 톱 화투를 쳐야 하기 때문이다. 직원들 간에 숙직실에서 화투 를 치는 것은 동료애를 돈독히 하는 것이지 절대로 노름은 아 니다.

　　특히 산읍이 눈 속에 깊이 묻히는 겨울에 그랬다. 어두워져 서 전등에 스위치를 넣으면 늙은 소장님은 큰곰처럼 어정어정 소장실을 나갔다. 보나마나 면장님 사택이거나 지서장님의 하 숙집으로 마작하러 가는 것이다. 우리는 눈을 맞추고 사무실 뒤 숙직실로 자리를 옮겼다. 그러면 사환은 알아서 관리소 앞에 있는 '삼척집'에 직원들이 숙직실에서 고스톱 화투를 친다고 이르고 퇴근을 했다.

밤이 이슥해서 뽀드득뽀드득 눈을 밟고 오는 소리가 숙직실 앞에 와서 멎으면 문이 벌컥 열렸다. '삼척집' 늙은 아주머니였다. 머리에 이고 온 도토리묵과 찌개와 막걸리 주전자가 담긴 함지박을 숙직실 안에 들여놓으며 볼멘소리를 질렀다.

"색시들 기다려. 먹고 그만 집에 가ー."

마치 자기가 직원들의 장모님이라도 되는 양 성미를 부렸다. 그러면 고스톱 판은 끝났다. 직원들은 밤참과 막걸리로 배를 채우고 만족해서 "크ー윽ー." 트림을 하면서 숙직실을 나섰다. 지금도 가끔 행복한 포만감을 느낄 때면 그때처럼 생리적인 소리를 일부러 내본다. 그러면 한결 행복하다.

숙직실을 나서면 흰 눈이 소복한 부피를 지으며 펑펑 쏟아지고 있었다. 나의 집은 읍내 밖 진부농고 뒤에 있는 농가의 바깥채였다. 버스정거장 앞을 지나서 논둑길을 건너가야 했다. 아내가 어두워지면 윗방에 있는 전등을 내다가 추녀 밑에 걸어 놓고 불을 밝혀 놓았다. 나는 그 전등 불빛을 등댓불처럼 의지하고 어두운 논배미를 건너서 집에 가곤 했다. 그러나 그 전등은 따뜻하게 내 삶을 고무해 주는 정도지 삶의 길잡이 역할까지는 못했다. 적설에 묻힌 논배미에는 도대체 어디가 논바닥인지, 논둑인지 구분이 안 되었다. 그 불빛은 논배미의 적설상태까지 밝혀 주진 못했다. 다만 '빨리 오세요' 하는 아내의 눈짓에 불과했다. 논둑을 더듬어 가다가 실족하면 논둑 아래 적설 속에 빠지고 말았다.

　버스정거장 모퉁이에는 소아마비를 앓아서 수족을 잘 못 쓰는 아주머니가 군고구마 장사를 하고 있었다. 눈 속에 깊이 잠들어 있는 작은 산읍 모퉁이, 내가 집에 돌아오는 그 늦은 시간에는 군고구마가 팔릴 것 같지 않아 보이는데 아주머니는 시린 발을 동동거리며 서 있었다. 나는 그 아주머니 앞을 그냥 지나갈 수가 없어서 늘 몇 알의 고구마를 샀다. 그 해 겨울 나의 하루 일과의 마지막은 그 아주머니에게 군고구마 몇 알을 사는 일로 끝나는 셈이었다. 늦은 밤 그 군고구마 가지고 가서 깜박깜박 졸면서 신랑을 기다리던 새댁에게 불쑥 내밀면 참 좋아했다. 그 재미에 몇 알의 군고구마를 사 들고 갔다.

　군고구마를 사서 잠바 앞섶에 넣으면 온몸이 따뜻했다. 논둑에서 떨어져 눈 속에 빠져도 춥지 않았다. 따뜻한 고구마를 품어서 그런지 눈 속이 아늑했다. 넘어진 자리에서 쉬어간다는 말처럼 나는 눈 속에 빠져서 잠시 동안 그대로 있었다. 고구마의 온기도 따뜻하고 논배미 건너 내 셋집 추녀 밑에 걸린 분홍색 백열등 빛도 따뜻하고, 내 마음도 따뜻했다.

　어느 날이있다. 그 날도 빔이 늦있다. 차라리 눈이 펑펑 쏟아지는 날은 푹한데 눈이 오고 난 뒤 갠 날 밤은 숨을 못 쉴 지경으로 냉기가 혹독했다. 산맥들도 칼날처럼 등성이를 세우고, 별들도 쳐다보기 민망할 정도로 오들오들 떨고 있었다.

　그 날은 고스톱 화투를 해서 돈도 좀 땄다. 숙직실을 나서자 볼이 바늘로 찌르는 것처럼 따가웠다. 잠바 속에다 자라목처럼 얼굴을 묻고 종종걸음을 쳤다. 고구마도 몇 알 더 사고 아주머니에게 개평을 몇 푼 줄 생각에 즐거운 마음으로 버스정거장 모퉁이까지 왔다. 그런데 아주머니 대신 웬 어린 소년이 서 있는 것이었다.

"너 누구냐?"

"영림서 아저씨이에요?"

"그래―."

"일찍 좀 다니세요."

처음 보는 녀석이 볼이 부어 가지고 감정적으로 그러는 것이었다.

"임마, 내가 일찍 다니든 늦게 다니든 네가 무슨 참견이야―."

"아저씨 때문에 우리 어머니가 감기 걸렸으니까 그렇죠."

그 녀석이 군고구마장수 아주머니 아들인 모양이었다.

"어머니가 늘 그래요. 영림서 아저씨 퇴근이 늦어서 늦었다고요."

그 때 내 나이 서른한 살이었다. 지금도 생각하면 가슴이 뜨겁게 달아오른다. 내가 그 수족이 불편한 아주머니에게 고구마 몇 알을 사는 것은 내 행복을 위한 것이지 그 아주머니 장사시켜 주기 위한 것은 아니다. 고구마 봉지를 가슴에 품고 발간 전등 불빛을 지향해서 눈 쌓인 논배미를 건너가면서 나는 늘 행복했다. 먼 바다에 나갔다가 포구의 등댓불을 지향하고 돌아오는 작은 만선 어부의 마음이 그럴까. 그 행복감은 따뜻한 고구마 봉지를 가슴에 안음으로써 비롯되는 것이라고 해도 과언 아니었다.

그 수족이 불편한 아주머니는 나의 이 행복감에 차질을 주지 않으려고 고구마가 안 팔리는 그 추운 겨울밤에도 몇 시간씩 내가 지나갈 때까지 기다려준 것이다.

소년은 물어보지도 않고 내가 늘 사 가지고 가는 그 몇 알의 고구마를 가슴에 안겨주고, 군고구마 화로가 실린 리어카를 끌고 횅 하니 거리 모퉁이를 돌아서 사라졌다. 얼마나 화가 났는지 군고구마 값 받는 것도 잊어버리고 갔다.

그 소년은 어머니가 일러준 대로 내가 사 가지고 갈 그 몇 알의 고구마 온기를 혹한 속에 몇 시간 동안 떨고 서서 지켰을 것이다. 그리고 나에 대한 저의 어머니의 친절이 얼마나 가당찮은 것인가를 발견하고 화가 났을 것이다.

다행히 그 아주머니는 바로 감기를 털고 고구마 장사를 했다. 나는 고스톱 화투를 치면서 아주머니를 거리 모퉁이에 세워 놓지는 않았다. 일찍 그 아주머니 앞을 지나갔다. 일찍 들어가는 것이 늦은 밤에 군고구마를 안고 들어가서 조는 아내를 기쁘게 해주는 것만치 재미는 없었지만 아주머니가 고생할 생각을 하면 도리가 없었다.

장중한 태백산맥에 둘러싸인 작은 산읍의 겨울밤, 칠천 몇백 원짜리 말단 공무원을 행복하게 해준 아주머니의 행복한 고구마가 먹고 싶다.

명태에 관한 추억

늦가을이나 초겨울이면 명태 한 코가 우리 집 부엌 기둥에 걸려 있었다. 그을음투성이의 산골 초가집 부엌 기둥에 한 코로 걸린, 다소곳한 주검 한 쌍의 모습은 제자리를 옳게 차지한 때문인지 '천생연분'이란 제목을 달고 싶은 한 폭의 정물화였다.

밤이 이슥해서 취기가 도도하신 아버지가 명태 한 코를 들고 와서 마중하는 며느리에게 "옜다!" 하며 건네주시는 걸 본 적이 있다. 남용하시는 게 아닌가 싶은 아버지의 호기가 참 보기 좋았다.

그날 "아버님, 저녁 진짓상 차릴까요?" 며느리가 묻자 아버지는 "먹었다" 하시며 두루마기를 벗어서 며느리에게 건네주시고 사랑으로 들어가셨다. 며느리는 두루마기 자락을 추녀 밑에 걸어 놓은 등불에 비춰 보더니 즉시 우물로 가지고 가서 빨았다. 아버지는 취한 걸음으로 이강들을 건너서, 은고개를 넘어서, 하골 산모랭이를 돌아서 확장되는 대륙성 고기압에 두루마기 앞섶을 휘날리며 오셨을 것이다. 삶의 어느 경지에 취해서 맘껏 활개 젓는 아버지의 손에 들려 온 명태 두 마리가 얼마나 요동을 쳤으면 두루마기 자락을 다 더럽혔을까.

아침에 아버지가 "아가, 두루마기 내오너라" 했을 때, 며느리는 그 지엄한 분부에 차질 없이 대령할 수 있도록 푸새다림질을 해서 늘 횃대에 걸어 둔 두루마기를 이때다 싶은 마음으로 내다 드렸다. 그 두루마기 자락에 온통 명태 비린내를 칠해 오신 것이다. 그리고 당당히 그 명태를 며느리에게 건네고, 며느리는 공손히 받아서 부엌 기둥에 걸었다. 한 집안 대주(大主)의 권위가 나를 감동시켰다.

젊은 날의 어느 늦가을, 갈걷이를 끝내고 어디 갔다가 집으로 돌아오는 길이었다. 막차에서 내린 나는 차부 건너편에 있는 전방 앞에서 발걸음을 멈춰 섰다. 등피(燈皮)를 잘 닦은 남포 불빛 아래 놓인 어상자에 가지런히 누워 있는 명태들이 왜 그리 정답던지, 마치 우리 사람 간에 모여 놀다가 제사를 보고 가려고 가지런히 누워 곤하게 등걸잠이 든 마실꾼들 같았다. 그 명태를 한 코 샀다.

아버지가 두루마기 자락에 명태 비린내를 묻혀 가지고 왔다고 젊은 자식놈도 그러면 불경(不敬)이다. 옷에 비린내를 묻히지 않으려고 각별히 조심을 해서 명태 한 코를 들고 밤길 십리를 걸어 집에 오니까 팔이 아팠다. 연만하신 아버지가 취중에 두루마기 자락에 비린내를 묻히지 않고 명태 한 코를 들고 밤길 십리를 걸어온다는 것은 불가능하다는 걸 알았다. 결코 아버지는 당신의 출입 위상을 위해서 정성을 다한 며느리의 침선(針線)을 소홀히 여기신 건 아니었다.

다음 날 아침 아내가 명탯국을 끓였다. 아버지가 좋아하시면서 "웬 명태냐?" 하셨다. 아내가 "애비가 사 왔어요" 하자 아버지는 잠깐 나를 쳐다보시더니 "우리 집에 나 말고 명태 사 들고 올 사람이 또 있구나!" 하시는 것이었다. 고전을 면치 못하던 야전 지휘관이 지원군이라도 보충 받은 것처럼 사기가 진작된 아버지의 말씀이 왜 그리 눈물겹던지, 그날 아침 햇살 가득 찬 안방에서 아버지와 겸상을 한 담백하고 시원한 명탯국 맛을 생각하면 지금도 잦히는 밥솥처럼 마음이 자작자작 눋는 것이다.

내 친구 중에는 명탯국을 안 먹는 놈이 있어서 나는 일단 그를 경멸한다. 명태는 맛이 없는 생선이라는 것이다. 생선 맛이야 비린 맛일 터인데 그놈은 비린 맛을 되 좋아하는 놈이다. 사실 맨 북어포를 먹어 보면 알지만 솜을 씹는 것처럼 맛이 없긴 하다. 그런데 고추장을 찍어 먹으면 숨어 있던 북어살의 구수한 맛이 입안 가득히 살아난다. 그래서 말이지만 명태가 맛이 없는 것은 우리 입맛에 순응하기 위한 담백성 때문이라는 생각을 하게 된다. 명태의 그 담백성을 몰개성적이라고 매도한다면 잘못이다. 생선은 비린 만큼 교만하다. 비린 생선들은 비린 그의 개성을 우선 존중해 주지 않으면 우리가 의도하는 맛을 내주지 않는다. 그러나 명태는 맛에 대한 자기주장을 관철하려 들지 않는다. 줏대도 없는 놈이라고 할지 모르지만 그건 줏대가 없는 것이 아니고 줏대 없는 그의 본성 자체가 그의 줏대인 것이다.

　나는 여태껏 썩은 명태를 보지 못했다. 오늘날의 명태 말고, 냉동산업과 운송 여건이 불비한 시절, 동해안에서 태산준령을 넘어 충청도 산읍 오일장의 어물전까지 실려 온 명태를 두고 하는 말이다. 당연하다. 명태는 썩지 않는 철에만 잡히기 때문이다. 명태는 바닷물이 섭씨 1도에서 5도가 되어야 산란을 하러 북태평양에서 동해로 떼지어 내려오는데, 그때가 명태의 어획기다. 부패의 철을 비켜서 어획기를 설정한 주체는 어부가 아니라 명태이다. 가급적 주검을 부패시키지 않으려는 명태의 의지가 진화된 결과로 보고 싶다. 어차피 그물코에 걸릴 수밖에 없는 회유성(回遊性)이 운명일 바에는 주검을 부패시켜 가지고 혐오스러워하는 사람의 손길에 뒤채이며 어물전의 천덕꾸러기가 될 필요는 없다는 게 명태의 결론이었을지 모른다. 얼마나 생선다운 고결한 결론인가.

　'썩어도 준치'란 말이 있다. 참 가소롭기 그지없는 말이다. 명태가 들으면 "무슨 소리야, 썩으면 썩은 것이지 ―" 하고 실소를 금치 못할 것이다. 부패 직전의 살코기에서는 글리코겐이 분해되며 젓산을 발생시켜서 구수하고 단맛을 낸다는 요리학적 설명이 있긴 하지만 그건 숙성을 뜻하는 것이지 부패를 이른 말이 아니다. 자연에서 생선의 숙성은 순식간에 지나가는 과정에 불과하다. 숙성을 보전하는 것은 기술이고 부가가치를 창출하는 것으로 요리사의 몫이지 준치의 몫이 아니다.

　'썩어도 준치'란 말은 꼭 청문회장에 나온 사람의 뻔뻔스러운 변명 같아서 부패한 냄새가 코를 찌른다. 준치는 4월에서 7월까지 부패가 촉진되는 철에 잡힌다. 제 주검의 선도(鮮度)에 대한 대책도 없는 주제에 '썩어도 준치'라니 명태에 비하면 비천하기 이를 데 없는 본성이다.

보릿고개가 준치의 어획기다. 배가 고픈 백성들은 준치의 어획을 고마워하며 먹었으리라. 어쩌다 숙성된 준치를 먹었을지 모르지만 대개 썩은 준치를 먹고 삶의 비애를 개탄하는 마음으로 짐짓 '썩어도 준치'라고 역설적인 감탄을 했을지 모른다. 얼마나 우리들의 슬픈 시대를 단적으로 대변하는 감탄구인가.

명태는 무욕으로 일관한 제 생의 담백한 육질을 신선하게 보전해서 사람들에게 보시(布施)했다. 명태는 제 속을 비워 창난젓과 명란젓을 담게 주고 몸뚱이만 바닷가의 덕장에서 바닷바람에 말라 더덕북어가 되었는데, 알다시피 제상의 좌포(左脯)로 진설되거나, 고삿상 떡시루 위에 실타래를 감고 누워 사람들의 국궁재배(鞠躬再拜)를 받는 귀물(貴物)로 받들어졌다.

명태를 생각하면 언뜻 늦가을 텃밭의 황토 흙에 하반신을 묻고 상반신을 햇살에 파랗게 드러낸 채 서 있던 청정한 조선무가 떠오른다. 그 순박무구하고 건강하기가 과년한 산골 큰아기 같은 조선무가 없으면 그 청정한 무가 가으내 담백한 맛의 진수를 보여 주려고 뼈무르면서 명태를 기다렸다. 순박한 무와 담백한 생선의 만남, 그야말로 산해(山海)가 진미로 만나는 것이다.

명탯국을 끓이는 아침, 아내는 내게 텃밭에 가서 무를 두어 개 뽑아다 달라고 했다. 하얗게 무서리가 내린 늦가을 텃밭에 가서 몸을 추스르고 뽑혀 가기를 바라고 있었던 것처럼 클 대로 다 큰 조선무를 뽑아들면 느껴지는 묵직한 중량감이 결코 하찮은 삶이란 없다는 방자한 생각을 하게 부추기는 것이었다.

문득 아버지의 호기가 그립다. 아침 햇살 가득 차오르던 산골 초가집 부엌 기둥에 긍정적인 모습으로 걸려 있던 순박한 명태 한 코가 집안 대주의 권위로 바라보이던 시절이 그립다.

3

조선낫과 왜낫

수탉

가끔 수탉을 생각할 때가 있다.

옛날 우리 집에 벌건 수탉이 한 마리 있었다. 토종과 뉴햄프셔의 교잡종쯤 되어 보이는 커다란 수탉이었다. 토종의 당찬 기상을 커다란 체격이 뒷받침해 주니까 당당하기 그지없었다.

수탉은 우리와 한 식구로 살아온 지 사오 년쯤 되었을까. 어머니가 장에 갔다가 하도 잘생겨서 장볼 계획을 팽개치고 덥석 사 오신 수탉이었다. 이 수탉은 우리 집에 와서 여남은 마리의 암탉을 거느렸는데, 일부다처의 자질을 지녔는지 지아비의 책임을 충실히 다했다.

암탉 여남은 마리는 소중한 우리 집의 가축이었다. 여남은 마리의 암탉이 한 파수에 달걀을 서너너덧 꾸러미씩 생산했다. 가계에 큰 보탬이 되었다. 만약에 수탉이 여남은 마리의 암탉 중, 상감이 후궁 편애하듯 한두 마리만 돌보았다면 나머지 암탉들은 소박당한 후궁들처럼 시름에 겨워 달걀도 생산하지 않았을지 모른다.

그러면 우리 집의 가계 사정은 불가피하게 차질을 빚을 수밖에 없었음은 물론이고, 어머니가 장날 아침에 조심스럽게 달걀꾸러미를 짓는 재미도 누릴 수 없었을 것이다. 수탉은 그런 여난(女難)이 발생하지 않도록 다처(多妻)를 공평무사하게 잘 거느렸다. 같은 남자로서 생각해도 존경스럽기 그지없다.

가끔 앞집 수탉이 우리 암탉을 어찌해 볼 요량으로 담을 넘어 오는 수가 있었다. 앞집 수탉은 우리 수탉보다 체격은 작았지만 싸움닭 샤모처럼 날렵하고 호전적으로 생겼다. 영락없이 장돌뱅이 등쳐먹는 장터거리 왈패 같았다.

이놈은 우리 암탉을 넘보려고 올 때는 불쑥 담 위로 날아 올라와서 몸을 직립으로 곧추세우고 하늘을 향해서 "꼬기오─ 꼬오─." 하고 목청을 길게 뽑으며 사내의 기세를 유감없이 드러내 보였다. 일종의 선전포고인 동시에 우리 암탉을 후리려는 수작이 분명했다. 그러면 우리 수탉은 '꾹꾹'거리며 당황한 기색이었으나 앞집 수탉의 침입을 격퇴할 의지를 불태웠다. 앞집 수탉은 우리 수탉의 의지 따위를 아랑곳하지 않고 담에서 펄쩍 뛰어 내렸다. 나는 그 기세에 기가 죽어서 지켜보는데 정작 우리 수탉은 겁도 없이 돌격을 감행했다.

두 수탉은 용호상박(龍虎相搏)의 접전을 벌였다. 우리 수탉이 열세였다. 몸이 너무 무거운 것이었다. 그렇다고 뒤를 보이는 법은 없었다. 우리 수탉보다 앞집 수탉이 더 높이 뛰어 올랐다. 그리고 내려 뛰면서 발로 우리 수탉의 가슴을 후려치고 비칠거리는 틈을 노려, 부리로 수탉의 자존심인 볏을 사정없이 쪼는 것이었다. 우리 수탉의 볏에서는 선혈이 낭자했으나 굴함이 없이 앞집 수탉의 공격에 맞섰다. 우리 집의 여남은 마리의 암탉들은 제 서방이 당하고 있는데도 하등의 관심을 보이지 않았다. 싸워 이기는 수탉만이 내 지아비의 자격이 있다는 태도였다. 암탉은 절대로 남녀평등을 주장할 물건이 못 된다는 생각이 들었다.

나는 지게 작대기를 꼬나들고 살금살금 두 수탉이 싸우는 현장으로 다가가서 앞집 수탉의 등허리를 향해서 내리쳤다. 살의(殺意)가 분명한 가격이었으나 앞집 수탉은 죽지 않고 아쉽다는 듯이 비칠거리며 달아났다. 우리 수탉은 피가 낭자한 머리를 승자처럼 당당하게 추켜들고 암탉무리 곁으로 갔다. 나는 그리 당하고도 의연할 수 있는 사내의 기백에 마음으로 아낌없는 박수를 보냈다. 열세면서도 끝까지 시합을 포기하지 않고 판정패를 한 피투성이의 복서에게 보내는 마음 같은 것이었다.

수탉에게는 죽음은 있을지언정 패배가 없다는 것을 나는 인도네시아의 닭싸움을 보고 절실하게 깨달았다. 수탉의 목숨보다도 더 귀한 임전무퇴의 자존심은 차라리 가혹한 업보라는 생각이 들었다. 그 점 사람은 감히 따를 수 없다. 가끔 선량(選良)들도 국민이 주시하는 단상에서 수탉같이 싸우지만 나는 그 싸움의 귀추(歸趨)를 주목한 적은 없다. 당리당략을 위한 싸움이라 그럴까. 도무지 싸움 끝이 명쾌하지 못하고 흡사 이전투구(泥田鬪狗)처럼 지저분한 느낌이 들어서다.

어느 해 이른 봄 나는 수탉이 일가의 안위를 위하여 저 자신을 홀연히 위기 앞에 내던지는 장렬한 태도를 보고 놀랐다.

양지바른 들녘에 아지랑이가 가물거리지만 높은 산봉우리의 그늘에는 묵은 눈이 희끗희끗했다. 얼음장같이 파란 하늘에 솔개가 떠서 선회하고 있었다. 병아리가 딸린 암탉은 마당 귀퉁이 거름더미에서 열심히 거름을 버르집으며 '꼭 꼭'거리고 있었다. 먹이가 나왔으니 주워 먹으라는 소리일 것이다. 병아리들은 어미 닭이 거름을 버르집는 발길질에 걷어차이면서 열심히 모이를 주워 먹고 있었다. 그 곁에는 예의 수탉이 서 있었다.

독수리의 그림자가 마당을 지나가면 수탉이 '꾹 꾹'거리고 공습경보를 발령했다. 그러면 암탉은 얼른 담 밑으로 피해서 날개 속에다 병아리를 감췄다. 그리고 나면 수탉은 마당 한가운데 표적으로 노출되어 의연히 버티고 서는 것이었다.

독수리와 대치하고 마당 가운데 직립한 수탉의 자세는 같은 수컷인 내가 보기에도 경외감을 금할 수 없었다. 차라리 무모하다는 말이 더 적절할지 모른다. 쭉 펴면 1미터가 넘는 날개로 유유히 활공을 하다가 급강하해서 날카로운 발톱으로 먹이를 낚아채는 전폭기 같은 독수리의 사냥 앞에, 퇴화되어서 날지도 못하는 가금(家禽)의 날개와 발톱으로 어찌해 보겠다고 저리 높은 정신으로 의연하게 버티고 서 있는 것인지, 존경의 염을 넘어서 그저 경이로울 뿐이었다. 집단의 우두머리답다는 생각이 들었다.

수탉의 머리는 작다. 그러나 머리 위의 꼿꼿한 빨간 볏과 부리 아래 관우의 수염처럼 소담스러운 볏이 작은 머리를 함부로 볼 수 없게 했다. 사기(史記)에 이른 '닭 머리가 소 엉덩이보다 낫다(寧爲鷄口勿爲牛後)'는 말이 정말 옳다는 생각이 들었다. 크다는 것에 대한 질적 견해일 것이다.

수탉의 가슴은 작다. 그러나 가슴을 내밀고 독수리를 향해서 직립으로 서 있는 수탉의 자세에서 가슴은 엄청 커 보였다. 언젠가 디즈니 만화에서 불독 개하고 맞선 수탉을 본 적이 있는데 가슴을 프로레슬러의 가슴같이 그려놓았다. 너무 과장되게 그렸다고 생각하면서 만화니까 그러려니 했는데 그것이 만화가의 투시력이라는 생각이 든다. 수탉은 다리도 가늘다. 그리고 세 개의 발가락과 발뒤꿈치의 퇴화된 한 개의 새끼발가락으로 된 발은 불안정하다. 그러나 독수리의 날카로운 발톱 앞에 서 있는 발은 근골(筋骨)을 지탱하는 철근같이 강직해 보였다. 뭐니뭐니해도 수탉의 위세를 유감없이 보여주는 것은 꼬리다. 한껏 추켜들어서 포물선을 지은 검붉은 꼬리는 로마 대장의 투구에 달린 깃털처럼 무적의 위세로 보였다.

독수리의 공습 아래 서 있을 때 수탉은 자존심을 여실히 보여준다. 죽을지언정 일가의 안위를 위해서 피하지 않는 그 장렬한 모습은 차라리 신격(神格)이었다.

아버지께서 내가 이립(而立)에 이르렀을 때 하신 말씀―

"너는 수탉만 한 자존심도 없느냐!"

그 말씀이 잊혀지지 않는다. 어찌 들으면 섭섭하기 짝이 없는 자식에 대한 모멸 같지만 기실은 남자의 높은 기상을 요구

하신 것일지 모른다. 우리 아버지도 여느 아버지들처럼 자식 욕심은 엉뚱한 데가 있으신 분이었다. 어쩌자고 내게 가당치 않은 수탉의 기강을 요구하셨는지, 문득 아버지 생전에 단 한 번도 수탉 같은 기상의 일단이나마 보여드리지 못한 게 후회막심하다.

조선낫과 왜낫

조선낫과 왜낫이 낫이라는 사실만으로 동류인식(同類認識)될 수는 없다. 꼭 국적(國籍)이 다르기 때문이라기보다 외양처럼 판이한 그 성품 때문이다. '조선낫은 진중하고 왜낫은 경박하다.' 조선낫에 대한 편향적 지적일까. '조선낫은 미욱하고 왜낫은 지능적이다.' 그리 말하니 조선낫을 천하게 보는 것 같아서 싫다. 그러면 상식적으로 말하자. '조선낫은 무겁고 왜낫은 가볍다.' 사용의 효율성에 착안한 연장의 상반된 차이가 국민성 때문이라는 생각에 이르게 된다.

조선낫은 대장간에서 대장장이가 무쇠를 녹여서 벼려 내는 수제품이다. 대장장이의 솜씨에 따라 낫의 모양이나 성질이 가지각색이다. 모양새가 뭉툭하든가, 넓적하든가, 날이 좀 무르든가, 좀 강하든가 대장장이의 이력과 성격을 물려받아서 개성적이다. 조선낫은 장인정신이 깃든 물건이다. 그래서 내 것이 되면 내 식구처럼 애착이 간다.

왜낫은 공산품이다. 주물공장에서 기계의 자동공정으로 만들어지는 획일적인 제품이다. 대장장이의 정신이나 애착의 망치질과 담금질 같은 손길은 전혀 미치지 않았다. 몰개성적이다. 김서방네 거나 박서방네 거나 똑같다.

조선낫은 베고 찍는 데 같이 쓰이지만 왜낫은 베는 데밖에는 쓸 수 없다. 조선낫은 베는 것은 물론 나무도 일격에 목질부(木質部) 깊숙이 찍는 우직한 힘을 지니고 있다. 그러기 위해서 가벼워서는 안 된다. 그렇다고 턱없이 무거우면 다루기 불편하다. 마침맞은 낫의 체중, 조선사람 체신만 하다. 낫 날은 강하지도 무르지도 않은 중용(中庸)의 품성을 지녀야 한다. 나무를 찍을 때 날이 강하면 한 낫질에 이가 빠지고 무르면 욱는다. 낫 날은 사냥한 동물의 숨통을 끊는 호랑이의 어금니같이 지그시 파고드는 끈질기고 굴함 없는 힘과 가격(加擊)의 저항충격을 흡수할 수 있는 유연성이 있어야 한다. 그런 날을 세울 수 있는 것은 대장장이라고 다 할 수 있는 것은 아니다. 장인의 경지에 이른 대장장이나 할 수 있다.

전에 우리 동네 사람들은 낫은 반드시 새벽밥을 해먹고 이화령 너머 문경장에 가서 벼려 왔다. 연풍장에도 대장간이 있었는데 대장장이가 젊었다. 선친의 가업을 물려받은 지 얼마 안 되어서 중용의 낫날을 세울 수 없었던지, 군이 낫은 문경장 대장간이 잘 벼린다고 인권(引勸)하고 사양했기 때문이다. 그 겸양의 미덕이 장인이 될 자질일 수 있다.

조선낫이 나무를 찍는다고 왜낫도 나무를 찍으면 경거망동이다. 왜낫은 경박한 체신에 팩하는 성미만 살아서 가격했을 때의 저항충격을 받아들이는 도량을 지니지 못했기 때문이다.

왜낫으로 나무를 내리치면 마치 방정맞은 개가 금방 삶아 낸 호박을 덥석 물었을 때처럼 낫 날의 이빨이 몽땅 빠지고 만다. 왜낫은 처음부터 나무의 절단은 고려하지 않았다. 잘 벨 수 있는 날카로운 날에만 주안점을 두었다. 벼나 밀보리를 베는 데 제격이다. 날의 냉혹성, 왜낫을 보면 찰과상이 우려된다.

왜낫이 우리나라에 들어온 것은 두말할 필요도 없이 일본의 강점기에 식민정책의 일환으로 이주해 온 일본 농민들이 들고 왔을 것이다. 그리 보아서 그런지 조선낫은 흰 무명 중위적삼을 입고 짚신을 신은 조선 농민 같고, 왜낫은 유카타를 입고 게다를 신은 일본 이주 농민 같다.

헛간 시렁에 조선낫과 왜낫이 뒤섞여 있었다. 내선일체(內鮮一體)의 모습 같아서 꼴 보기 싫었다. 나는 군이 조선낫과 왜낫을 격리해 놓곤 했는데 며칠 후에 보면 다시 뒤섞여 있었다. 내 배타적 감정과 무관하게 왜낫의 편리성은 이미 토착화되어 있었다.

전에 우리 집에 말수가 없는 머슴이 있었다. 그는 가볍고 잘 드는 왜낫을 안 썼다. 벼를 벨 때 다들 왜낫을 들려고 덤비지만, 그는 "나는 왜낫은 허깨비 같아서 싫어, 손아귀에 쥐는 맛이 있어야지" 하며 투박하고 무거운 조선낫을 집어들었다. 그리고 낫질이 거칠다면서 벼를 베어 나가면 다른 사람 배는 더 베었다. 왜낫을 든 장정들이 질투를 느끼고 "그렇게 거친 낫질을 하면 나도 그만큼 벨 수 있어" 하며 덤볐지만 당나쉬 호말(胡馬) 따라가지, 어림도 없었다. 우리 머슴한테 덤빈 장정들이

"대체 낫질 어떻게 허는 겨? 맘대로 안 되네." 줄항복을 하고 새삼스럽게 우리 머슴 낫질하는 걸 눈여겨보는 것이었다. 그러면 우리 머슴은 겸손하게 "낫 힘이여" 했다.

맞는 말이다. 조선낫의 힘은 찍는 데만 쓰는 것이 아니다. 베는 데도 힘을 발휘했다. 왜낫은 순전히 날로 베지만 조선낫은 무게로 벤다. 벼를 벨 때 두 포기씩 모아쥐고 베는 게 보통이나 장정들은 세 포기씩 모아쥐고 벤다. 조선낫으로 베면 '투, 투, 투' 하는 둔탁한 소리를 내면서 한 낫질에 세 포기가 수월하게 베어지는데, 왜낫으로 베면 '착, 착' 하는 날카로운 두 음절을 내고 세 음절은 침묵으로 버티기 일쑤다. 왜낫의 경박한 체신에는 가속력을 발휘할 근력(筋力)이 모자랐다. 그럼 얼른 자동차 기어 변속하듯 새로운 힘을 보태 주어야 '착' 하는 나머지 소리를 내며 세 번째 포기가 베어졌다. '착, 착, (ㅡ) 착'이다. '투, 투, 투'에 비해서 리드미컬하지 못했다. 낫질의 리드미컬한 낫질과 그렇지 못한 낫질이 일의 간격을 벌려 놓았다. 조선낫 같은 사람이 조선낫을 쓸 줄 안다는 생각이 들었다.

어느 해 늦가을 해거름에 신태인에서 부안 쪽으로 가다가 동진강둑에 서서 해가 뉘엿뉘엿 지는 휴면기(休眠期)에 든 일망무제의 빈 들판을 보았다. 동학군의 함성과 선봉에 선 녹두 장군의 위용이 노을이 불타는 지평선에 아른거리며 내 가슴에 불을 질렀다. 국모가 시해되고, 을사보호조약이 체결되고, 토지조사를 하는 일본인들의 측량 말뚝이 들판에 꽂히고, 동양

척식회사가 들어오는 등 밀물처럼 밀어닥치는 일본 세력 앞에 속절없이 침몰되었을 들판의 가없는 넓이가 저무는 강둑에 서 있는 나를 슬프게 했다.

태인과 신태인은 이 들판 외곽에 자리잡은 두 소읍(小邑)이다. 문득 '태인의 조선낫이고 신태인은 왜낫이다'라는 생각이 들었다. 동척회사(東拓會社)에서 이 들판을 식민자본으로 헐값 매입해서 일본 이주민에게 되팔았다. 영세농들은 모두 일본 이주민의 소작인으로 전락했다. 그래서 생산한 쌀을 전부 일본으로 실어갔다. 쌀을 실어가기 위해서 호남선 연변에 역이 생기고 역 앞에 역촌(驛村)이 생기므로 기왕의 태인과 구별해서 신태인이라고 이름지었을 것이다. 태인에는 토지를 빼앗긴 조선낫같이 우직한 조선사람들이 물 떨어진 물꼬의 물고기처럼 모여 살고, 신태인은 왜낫 같은 일본 이주민들이 득의만면해서 신주거지를 형성했으리라.

도대체 이 넓은 들판의 벼를 무슨 수로 다 베었는지 궁금했다. 지금이야 콤바인으로 베지만 그 시대에는 순전히 낫을 베었을 것이다. 조선낫으로 베었을까, 왜낫으로 베었을까. 조선사람은 벼를 베고 일본 이주민들은 논둑에서 감독을 했을 것이다. 조선사람들은 우리 머슴처럼 조선낫으로 벼를 베려고 했을지 모른다. 그러나 일본 이주민들은 "이 무지한 조센징아. 가볍고 잘 드는 닛본 낫이노로 베라"고 소리를 질렀을 것이다. 조선낫이고 왜낫이고 손목에 신명이 빠진 농군들이 무슨 수로 낫질 할 힘이 났으랴. 낫의 무게도 잊어버리고 휘몰아치는 낫질은 논둑에 '農者天下之大本'의 농기를 꽂아놓고 농악을 울리며 노동의 기쁨을 고양할 때나 할 수 있다. 일은 신명으로 하는 것이다.

조선낫을 보면 나운규가 주연한 영화 '아리랑'의 주인공 미치광이 영진이가 생각난다. 영진이가 일본 경찰관의 앞잡이인 악덕 지주 오기호를 응징할 때 휘두른 낫이 조선낫이라서 하는 말이 아니라, 조선 낫을 보면 과묵한 참을성의 폭발력이 느껴져서 나는 지그시 낫자루를 잡고 '참아, 부디 참아' 하는 맘이 들곤 했다.

1920에서 1930년 사이, 동척회사의 수탈에 항거해서 독립운동 성격인 소작쟁의가 발생했을 때, 농민들의 무기는 조선낫이었을 것이다. 왜낫이었으면 "어허, 사람이노 다친다"면서 일본 이주민들은 대수롭지 않은 듯 슬금슬금 피했겠지만 조선낫 앞에서는 혼비백산해서 "사람이노 살려" 하며 줄행랑을 쳤을 것 같다. 과묵한 참을성의 폭발과 경박한 적의가 파르르하는 것은 위협의 느낌이 사뭇 다를 수밖에 없기 때문이다.

내가 조선낫을 좋아하는 것은 물론 감정적인 편견이다. 조선낫과 왜낫이 우리 헛간 시렁 위에 뒤섞여 있는 걸 내선일체의 모습으로 볼게 아니라 왜낫의 귀화 모습으로 보는 게 올바른 투시법인지 모른다. '무겁다'의 반대말이 '가볍다'라면 조선낫과 왜낫은 상호보완의 여지가 있다. 낫이라는 동류로 인식하는 것이 타당하지 배타적인 생각이나 하는 것은 시대착오다. 그렇다 하더라도 싫은 건 싫은 거다. 나는 경박하고 냉혹

하고 이지적인 날을 세운 연장이 우리나라에 들어와서 베는 데 쓰이는 것 자체가 싫다. 국모를 시해한 닛본도의 가차없는 날에 대한 증오심 때문인지도 모른다.

진달래꽃

우리 집의 진달래 분재(盆栽)가 올해도 아무도 들여다보지 않는 빈 골방에서 소박데기 순산하듯 혼자 꽃을 열댓 송이나 피웠다.

입춘이 지난 어느 날 아침, 겨울 때에 찌든 거실 유리창을 투과(透過)하는 햇살에서 문득 봄을 느끼고 혹시나 싶어서 방문을 열어 보았더니, 아니나 다를까 지금 막 초례청에 나갈 준비를 끝낸 새색시처럼 진달래가 방안에 애잔한 꽃빛을 가득하게 밝혀 놓고 있는 것이 아닌가! 나는 감탄도 하지 못하고 멍하니 바라만 보았다.

나는 진달래 분재가 꽃을 피우는데 아무것도 해 준 게 없다. 봄이 되면 뜰에 내놓고 겨울이 되면 골방에 들여놓았을 뿐이다. 거름을 한번 제대로 주어보길 했나, 진딧물이 끼니 약을 제때 쳐 주길 했나, 시들면 물이나 듬뿍 주는 게 고작이었다. 마치 호란(胡亂) 때, 몽고에 잡혀 간 조선 처녀같이 졸지에 나의 분재 신세가 된 진달래가 자포자기하지 않고 꽃눈을 틔워서 공들여 키우고 마침내 꽃을 피운 이 생명의 경이 앞에서 염

치없이 경탄이나 한다면 나는 되놈 같은 놈이다.

　진달래꽃은 한때 북한의 국화였다고 한다. 온 봄 산을 물들이는 꽃빛이 피바다 같아서 국화로 정했던 것일까? 아무리 적색(赤色) 이념에 혈안이 되었기로 민족의 보편적인 서정(抒情)까지 기만(欺瞞)해 가며 그 은은한 영변 약산의 진달래 꽃빛을 핏빛으로 보았을 리야ー. 지금은 진달래꽃이 북한의 국화가아니라고 하니 천만다행이다.

　나보기가 역겨워
　가실 때에는
　말없이 고이 보내 드리우리다

　영변에 약산
　진달래꽃
　아름 따다 가실 길에 뿌리우리다.

　가시는 걸음걸음
　놓인 그 꽃을
　사뿐히 즈려밟고 가시옵소서

　아지트에서 봄 산을 물들이는 진달래꽃을 보고 빨치산들은 소월의 감성(感性)을 어떻게 주체했을까. 안타깝다. 감성을 절제해 가면서까지 그들이 추구한 것이 도대체 무엇이었을까.

"동무들 보라! 저 피바다 같은 산을…. 아무리 열악한 생존 여건에서도 저렇게 온 산을 열정으로 환하게 해방시키는, 저 ― 진달래꽃을 보라! 우리의 혁명 과업도 진달래처럼 꽃 피우자!"

한 시대의 비극적인 봄 산을 물들이는 진달래꽃의 의미를 지리산 빨치산 대장 이현상은 그쯤 부여했을까? 아무튼 진달래를 적기(赤旗)와 같은 이념의 아류(亞流)로 전락시킨 것이라면 진달래의 본성(本性)에 대한 모독이다.

진달래는 가난하고 소박한 꽃이다. 칸나처럼 열정적이지도 않고, 목련처럼 유혹적이지도 않고, 제비꽃처럼 깜찍하지도 않다. 은은한 정을 수줍게 입가에 물고 하염없는 기대에 까치발을 딛고 서서 담 너머 아지랑이 피는 산모퉁이를 바라보는 산골처녀 같은 꽃, 호란과 왜란, 그 가엾은 시대에 양지쪽 산기슭에 돌아갈 곳 없이 망연히 앉아 있는 겁탈 당한 조선 여인 같은 꽃, 약한 듯하면서도 질긴 그 생명의 빛 ―. 미처 이파리도 피우지 못한 나목의 가지에 서둘러 몇 송이씩 소복소복 꽃부터 피워서 가혹한 겨울을 물리치고 얼른 침울한 산자락을 환하게 밝혀 놓는 꽃 ―.

6·25 다음해 봄. 우리 고향 윗버들미의 달걀양지 산기슭에서 죽은 빨치산 여인을 본 적이 있다. 어린 나는 호기심에 떨면서 어른들 어깨너머로 긴 단발머리를 곱게 빗고 남루한 노란 군복을 입은 누님 같은 젊은 여인의 단정한 주검을 보았다. 그 주검은 내 나이 따라서 무서움으로, 슬픔으로, 미움으로 변

질되어 왔다. 조선 여인은 그렇게 경거망동하게 죽어서는 안 되는데 하는 생각이 들어서다. 누가 그 여자를 낯선 산비탈 양지쪽에서 혼자 죽게 했나 하는 생각에 나는 진달래꽃이 핀 임진강 변 어느 O·P에 초병으로 서 있을 때 적의(敵意)를 불태우곤 했었다.

우리 집 진달래 분재의 분수(盆樹)는 해 저문 외진 산골 길옆에 꽃을 피우고 있는 것을 캐어다 심은 것이다.

그 진달래꽃은 땅거미가 지는 산속에서 조금도 두려움이나 조바심하는 기색 없이 오직 안온(安穩)한 모습으로 피어 있었다. 그래서 나는 '누님! 집에 갑시다.' 하는 마음으로 캐어다 분에 심어 놓았다.

나는 그 진달래꽃이 문득 동란기에 새새댁이던 우리들의 누님 같다고 생각했다.

신랑도 없이 홀로 시집살이를 하던 열아홉 새댁이 곱게 잠든 어린것을 등에 업고 저문 고개에 서 있던 그 운명적인 모습 —.

"빨리 가거라 저물겠다."

차마 발길을 돌리지 못하고 망설이는 어린 친정 동생에게 누님은 조용히 재촉했다. 누님의 연분홍 치마는 시집살이 때가 묻어서 연자줏빛이었는데, 흡사 진달래꽃빛 같았다.

동란이 막 끝난 어느 해 봄, 앞집 원규가 아직 아침 햇살도 퍼지기 전에 나를 찾아와서 한티골 저의 누님 댁에 같이 가고 해서 다녀온 적이 있다. 나는 선뜻 따라 나섰다. 나는 누님이 없이 자랐다. 원규 누님이 내 누님같이 생각되어서 원규에게 늘 질투를 느끼면서 자랐다. 어느 날 나는 원규처럼 원규 누님한테 느닷없이 "누나야ㅡ." 하고 불러 보았다. 원규 누님이 몹시 기뻐했다. 그리고 나를 원규처럼 동생으로 여겼다. 그 후 원규 누님이 꽃가마를 타고 지름티재를 넘어갈 때 원규도 안 우는데 나는 울었다.

원규 매형은 좌익청년이 되어 동란 속으로 표연(飄然)히 사라지고 원규 누님은 난세(亂世)에 홀로 시집살이를 하고 있었다. 그 시절의 봄산에는 유난히 진달래꽃이 만발했는데, 원규 어머니는 원규 등을 동구 밖으로 밀어내셨다. 신랑도 없는 시집살이를 하는 딸이 눈에 밟혀 애간장이 타셨던 모양이었다.

원규 누님의 시집은 진달래꽃이 흐드러지게 핀 삼십 리 산길을 가야 했다. 왕복 육십 리 길이 어린 우리에게는 힘든 길이었지만 나는 마다하지 않고 원규를 따라갔다. 아침 일찍 떠나서 뛰다시피 걸으면 점심나절이 채 못 되어서 원규 누님의 시집에 도착했다.

원규 누님과 우리는 겨우 한나절쯤, 꿈결같이 보내고 해가 실핏해지면 갓난것을 등에 업은 원규 누님의 애잔한 모습을 고갯마루에 세워 놓고 돌아왔다.

"잘 가거라. 어머니한테 누나는 잘 살고 있으니까 아무 걱정 하시지 말라고 말씀 드려라." 원규한테 말하고,

"성균아, 원규 길동무를 해줘서 고맙다." 내게는 그렇게 의례적인 인사를 한 것 같은데 왜 그리 눈물겹게 그 말이 소중했

던지 一.

우리는 고갯마루에서 돌아서면 뛰었다. 삼십 리 산길에 이미 어둠이 깃들이는데, 우리는 어두운 고갯마루에 누님이 하염없이 서 있는 것만 같아서 뛰다 돌아보고 뛰다 돌아보고 하며 돌아왔다.

집에 돌아오니 별이 쏟아질 듯 뿌려진 어두운 삽짝 밖에 원규 어머니가 서 계셨다.

"누나가 너를 보고 울지 않던…?"

"아니."

"너도 이제 다 컸구나! 어미 아픈 속을 헤아릴 줄을 다 알고…."

원규 어머니는 울음을 삼키며 말씀하셨다. 원규 어머니는 원규가 거짓말을 한다고 생각하시는 모양이지만, 분명히 원규 누님은 우리 앞에서 눈물을 보이지 않았다.

어린 친정 곳 동생들을 저무는 고갯마루에서 배웅하며 눈물을 보이지 않던 암담한 신세의 누님, 막막(寞寞)한 여자의 생애를 앞에 두고 어린 새댁이 정온(靜穩)한 모습을 흩트리지 않을 수 있는 의지가 어떻게 생기는 것이었을까? 나는 우리 집 진달래 분재의 꽃을 보고 생명을 소중히 이어가는 나무의 본성이 인고의 생애를 지탱해 낸 원규 누님 같아 보여서 더욱 고마운 것이다.

날씨가 하도 화창하기에 나는 진달래 분재를 현관 밖에다 내놓았다. 어두운 골방 구석에 홀로 두기에는 꽃의 자태가 너무 아까웠다.

"우리 누나 예쁘지?"

원규의 뽐내던 모습이 눈에 선하다. 초례청에 나가려고 치장을 마치고 안방에 앉아 있는 저의 누님을 보고 둘러서 있는 동네사람들에게 자랑스럽게 말하던 원규ㅡ. 내가 진달래 분재를 현관 밖으로 내놓은 것은 그런 심정이었다.

그런데 어둠침침한 그늘 속에 있던 꽃을 급작스럽게 햇빛 속에 내놓아서 그런가? 아니면 꽃의 생명이 다한 것일까? 하루를 넘기더니 꽃잎이 시들었다. 나는 놀라서 진달래를 얼른 골방에 도로 들여다 놓았다. 그러나 소용없었다. 점점 꽃잎에 힘이 빠지더니 그예 꽃잎이 한 잎 두 잎 지기 시작했다.

나는 진달래꽃을 경솔하게 현관에 내놓은 걸 후회했다. 며칠은 더 피어 있었을 꽃을 애들처럼 자랑하고 싶은 마음을 참지 못하고 햇빛에 급히 내놓아서 지게 한 것만 같아서였다.

나의 분재관리 지식으로는 잘못하다가 진달래 분재를 죽일지도 모른다. 이 봄에는 분재의 진달래를 저 살던 자리 외진 산골에 도로 갔다가 심어 놓아야겠다. 그리고 봄마다 난세의 우리들 누님처럼 정온한 모습으로 꽃을 피우면 보러 가야겠다.

첫눈

창 너머로 보이는 아파트 공사장 일꾼들이 일손을 멈추고 우암산을 건너다보는 모습이 자주 눈에 띈다. 목수들도 그리로 고개를 돌리고 망치질을 한다. 저러다 망치로 손등 때리지 싶다. 뭘 기다리는 모습이다. 나는 꼭 눈송이가 흰나비처럼 창문에 살포시 날아와서 나를 부르는 것 같아서 창밖을 내다보게 된다. 하늘이 머리 위까지 나지막하게 가라앉아 있다. 어제부터 그렇다. 그러면 첫눈이 올 수도 있다는 기대감, 타당성 있는 것이다.

고향 윗버들미의 첫눈은 사람 맘을 며칠씩 설레게 해놓고서야 마지못한 듯 마침내 왔다. 바깥일로는 콩 타작까지 바심이 다 끝나고 안일로는 김장을 담근 후에 온다. 그게 자연의 순리다. 지금이 그때쯤 된다. 그 전에 오는 첫눈도 있을 수 있다. 자연의 조화를 막을 수는 없다. 그러나 아직 남은 일로 궁리에 차 있는데 바라지 않는 식객처럼 오는 첫눈은 이미 기억되어지기를 포기한 첫눈이라고 볼 수 있다.

그럼 첫눈은? 그리 어리석은 질문은 않기를 바란다. 첫눈은 수리적(數理的)인 명사가 아니라, 어떤 경우의 눈을 말하는 대명사라고 보는 것이 적절하기 때문이다. 다시 말하면 노농(老農)이 빈들처럼 홀가분하게 비운 마음으로 의젓하게 팔짱을 끼고 동구 밖을 향해 서 있을 때 근친 오는 막내딸 동구에 들어서듯 눈썹 밑으로 홀연히 내려앉는 눈이 첫눈이다. 비록 그 눈이 순서로는 그 해 들어 두 번째 오는 눈이라 해도 첫눈이라고 봐줘도 동네 구장도 잘못이라고 시비하지는 않을 것이다.

무슨 궤변이냐고 할 사람 때문에 부득이 한 예를 들어본다. 어느 해 우리 어머니, 당고모, 누이가 김장을 하는 날이었다. 절인 배추를 앞 냇물에 씻어 들이는데 풍세(風勢)가 사나워지더니 가루눈이 왔다. 나는 배추를 집으로 져 들이고 있었다. 아직 솜바지 저고리로 갈아입기 전이라 추웠다. 게다가 바람이 불어와서 언 얼굴을 할퀴는 가루눈은 매웠다.

그 고약한 날 저물녘까지, 아버지와 나는 김치 광을 짓고 어머니와 당고모와 누이는 김장을 버무려 김장독에 담는데 심심하면 심통 난 개 짖듯이 가루눈을 바람이 휘뿌렸다. 그 눈이 그 해 겨울 처음 내린 눈이라고 해서 첫눈이라고 대접할 수는 없다. 고약한 날씨라는 기억밖에는 남겨줄 게 없기 때문이다.

며칠 후 눈이 다시 왔다. 아무래도 착 가라앉은 하늘이 반가운 일을 낼 것 같아서 온종일 서성거렸다. 동구의 둥구나무에 까치가 한 쌍 앉아 있다. 짖을까 말까 망설이는 것 같지 않다. 그 미물도 조용히 기다리기로 맘을 먹고 있는 것이다. 동네 '워리'들이 빈 들에서 레이스를 펼친다. 그러다 가끔 모두 먼

산을 보고 멈춰 선다.

　건너말 둔덕에 하얗게 서 있는 사람들 뭘 기다리는 것 같기도 하고, 아닌 것도 같고 편이 쉬어 자세로 멍청하게 서 있다. 그 때 눈이 왔다. 사람들의 기대감을 저버리는 법 없이 아주 양순하게 혹은 운명적인 모습으로 오는 눈이 첫눈이다.

깃발 1

하기식 때면 해군 신병훈련소 984중대 중대장님 생각이 난다. 그 혹독했던 훈련소의 중대장님이 그리운 것은 비단 흘러간 내 젊음에 대한 향수만은 아니다. 그분의 불꽃같이 아름다운 군인정신과 순정적인 국가관에 의한 별난 훈련의 효과가 내 가슴에 살아 있기 때문일 것이다.

우리들은 이 바다 위에
이 몸과 맘을 다 바쳤나니
바다의 용사들아 돛 달고 나가자
오대양 저 끝까지

"더 크게, 더 크게 못 부르겠어."
984중대 중대장님의 카랑카랑한 목소리가 들리는 것 같다. 군가의 가사처럼 바다에 바치기로 한 젊음을 위탁받은 사람으로서 해야 할 일에 충실했던 중대장님, 이름도 성도 까마득히 잊어버렸지만 그 분은 아직도 불타는 서편 하늘에 분명하게 깃발과 함께 떠오르곤 한다.

작달막한 키에 광대뼈가 불거진 얼굴이 거짓 없는 우리의 만만한 토착민(土着民)이었는데, 그 눈이 문제였다. 도수 높은 안경 너머 빛나는 작은 눈이 꼭 값을 하지 싶었다.

아니나 다를까, 그분은 마치 대장장이같이 젊은 신병들을 쇠붙이 다루듯 했다. 일단 팔팔한 젊음을 가마에 넣고 풀무질을 해서 노글노글하게 숨을 죽인 다음 다듬질 쇠에 얹어 놓고 망치질을 해서 모양새를 만들었다. 그리고 담금질을 계속해서 마침내 쓸모 있는 해군을 만들어 냈다. 그것은 대장장이의 벼름질과 같은 오직 순수한 열성, 장인 정신이었다. 그래서 그의 가혹한 기압 뒤에는 도무지 원망의 여지가 남지 않았다.

신병훈련소에 입소하던 날, 중대 편성을 마치고 군복으로 갈아입은 우리 앞에 선 그분을 보고 나는 훈련 생활의 앞날에 대해서 우려를 하며 일단의 각오를 했다. 그러나 일단의 각오라는 것이 얼마나 감상적인 것인지 그분은 즉시 우리에게 보여 주었다.

"해군은 함정을 타고 바다에 나가서 적함과 맞서 싸우는 군인이다. 만약에 함정이 격침당했다면 승조원의 운명은 어떻게 되겠나?"

"바다에 빠져 죽습니다."

"그런데 구명정이 한 척 있다. 승조원이 다 탈 수는 없다. 타는 사람만 살 수 있다. 살기 위해서 반드시 구명정을 타야 한다. 그 살기 위한 기본 훈련부터 실시한다. 중대원은 동편

984중대 전용 구령대 앞에 선착순으로 집합한다. 헤쳐!"

입소 첫 훈련이 소위 '구명정 타기'라는 훈련이었다.

구령대에는 30명쯤 올라갈 수 있었다. 그러나 중대원은 60명이었다. 당연히 절반은 구령대에 올라갈 수가 없는 상황이었다.

"중대장이 호각을 불면 구령대로 올라간다. 물론 반밖에 못 탈 것이다. 그러면 반은 바다에 빠져 죽어야 한다. 죽느냐 사느냐는 전적으로 너희들의 정신 여하에 달려 있는 것이다."

그리고 중대장은 호각을 불었다. 중대원들이 우르르 구령대로 뛰어 올라갔다. 날쌔고 힘센 중대원들이 절반쯤 먼저 재빨리 구령대에 올라가고 절반은 구령대 밑에서 멀뚱한 눈으로 '우린 어떡하지요?' 그리 묻는 얼굴로 중대장을 쳐다보았다. 그러면 이렇게 하는 거지 하듯ー.

"뭣하나, 바다에 빠져 죽을 작정인가. 빨리 구명정을 타라."

중대장이 고함을 치며 조교와 같이 구령대에 오르지 못한 중대원의 엉덩이를 복날 개 패듯 사정없이 '빳다'로 치는 것이었다. 빳다를 맞은 구령대 밑에 있던 중대원들은 불 맞은 멧돼지처럼 구령대 위로 솟구쳐 올라갔다. 어디서 그런 힘이 생겼는지 알 수 없는 일이다. 그러면 올라간 숫자만큼 구령대에서 떨어진 훈련병들은 '이제 어떡하지요?' 하는 표정으로 중대장을 쳐다보았다. 그러면 역시ー,

"뭣하나, 바다에 빠져 죽을 것인가, 빨리 구명정을 타라."

중대장과 조교가 기다렸다는 듯이 구령대에서 떨어진 중대원들의 엉덩이를 사정없이 빳다로 쳤다. 떨어진 중대원들이 다시 필사의 힘을 다해서 구령대 위로 뛰어 올라갔다. 그러면 또 그만큼 구령대 위의 중대원이 우르르 떨어지고…. 똑같은 짓이 반복되었다.

훈련이라기보다 인간의 약점에 대한 가혹 행위였다. 살기 위한 인간의 본능을 조율하는 것이었다. 그것은 무질서, 무아의 지경이었다. 오직 말초신경까지 팽팽하게 긴장하는 동물적인 기민성만이 존재할 뿐이었다.

한참 동안 그렇게 훈련(?)을 할 때, 나팔소리가 연병장에 가득하게 울려 퍼졌다.

"동작 그만. 국기에 대하여 경례－!"

서편 하늘이 붉게 타고 있었다. 그 반조(返照)에 물든 태극기가 바다에서 불어오는 저녁 바람에 찢어질 듯이 퍼덕이고 있었다. 깃발이었다.

우리는 국기에 대하여 경례를 하고 서 있었다. 나팔소리에 따라서 깃발이 서서히 깃대에서 내려지고 있었다. 인간의 치사한 본능을 적나라하게 드러낸 마당에 내 마음은 더할 나위 없이 순수했다. 막 100미터 달리기를 마친 주자처럼 숨만 찰 뿐이었다.

몸부림치듯 불타는 노을을 배경으로 내려지는 깃발의 눈물겨움….

순정은 물결같이 바람에 나부끼고

오로지 맑고 곧은 이념의 푯대 끝에
애수는 백로처럼 날개를 펴다.

국기 하강식이 끝나면 훈련은 즉시 중단되었다. 중대장님은 중대원을 도열시켜 놓고 아주 순수한 인간적인 어조로 말했다.

"수고 많았다."

영화의 전투장면을 보면 반드시 전열의 앞에 깃발을 든 기수가 서 있다. 병사는 깃발 때문에 맑고 곧은 순정으로 이념을 향해서 돌진할 수 있는 것인지 모른다.

해군 신병훈련소 984중대장님은 그 후 13주의 훈련 과정에서 훈련병의 정신이 해이해지면 반드시 하기식을 앞두고 '구명정 타기' 훈련을 실시해서 하기식 나팔이 불면 끝났다. 그리고 국기에 대해 경례를 시켰다. 바다에서 불어오는 저녁 바람에 범벅이 된 땀을 들이면서 깃대를 내려오는 태극 깃발에 대한 경례를 하면 사우나를 하고 냉탕에 들어가는 것만치나 상쾌했다. 그 중대장님에 대한 인간적 불쾌감을 느낄 여지가 없었다. 그 중대장님은 젊은이의 순정을 잘 이용해서 소기의 훈련 목적을 달성하는 용병술을 터득한 분이었다.

"나를 인간으로 여기지 마라. 신병훈련소 중대장 노릇으로 내 청춘을 다 불살라 버렸다. 나는 중대장일 뿐이다."

기억에 의하면 그런 이미지의 사람이었다. 그러나 〈지상에서 영원으로〉에서의 그 훈련소 중대장처럼 훈련병의 인간성을 훼손하는 짓은 하지 않았다.

벌써 40년 전이다. 그 중대장님은 세상을 떴는지도 모른다. 그러나 지금도 하기식 애국가가 울려오면 국기가 있을만한 쪽을 향해서 차려 자세로 서는 버릇이 남아 있다. 그러면 눈물겨운 순정의 시절이 노을에 지는데, 깃발과 중대장님의 모습이 오버랩 되는 것이다.

길 위에서

어느 해 초가을, 땅끝마을 갈두리(葛頭里)에 갔다 돌아올 때 생긴 일이다.

나는 토말(土末) 전망대에서 바라본 환상적인 가을 바다의 감동에 잠겨서 서서히 차를 몰고 13번 국도를 따라 해남을 향해서 가는 중이었다.

내리막 직선길이었다. 내 차 앞에 벌써 명줄을 놓았어도 유감이 없을 만한 봉고차가 매연을 풍기면서 시속 40킬로미터에도 못 미치는 속력으로 엉금엉금 기어가고 있었다. 나는 그 차를 앞지를 것인지 매연을 마시면서 뒤따라갈 것인지 망설이고 있었다. 중앙선이 넘을 수 없는 황색선이기 때문이다.

황색선은 어떤 경우에도 넘을 수 없다. 넘으면 범행이 된다. 나는 민주국민의 양식으로 황색선의 통제력에 순응하고 있었다.

봉고차의 매연은 스컹크의 분비물처럼 내 쾌적한 초가을 드라이브 환경을 여지없이 오염시켰다. 신경질이 나기 시작했다. 봉고차는 운행에 문제가 있는 차가 분명했다. 그러면 뒤차를 먼저 가라고 길 가장자리로 비켜 주면서 점멸등으로 신호를 보내 주면 고마울 터인데, 뒤차는 전혀 개의치 않고 풀풀 매연을 풍기면서 '구름에 달 가듯이' 가는 것이었다. 그 주제넘은 여유가 가증스러웠다. 증오심이 발생했다. 증오심은 자제력을 잃게 한다. 자제력을 잃으면 우발적 살인도 저지를 수 있는데 하물며 황색선을 넘어가는 것쯤은 대수도 아니다.

나는 황색선을 넘어 봉고차를 앞지르고 '약오르지 임마—' 하는 마음으로 봉고차 앞으로 바짝 끼어들었다. 그런데 아뿔싸, 앞을 보니 저만큼 도로변에 교통경찰관의 오토바이가 서 있는 것이 아닌가! 봉고차 때문에 미처 전방의 교통경찰관을 발견하지 못한 것이다. 나는 꼼짝할 수 없는 현행범으로 적발당하고 말았다.

젊은 순경이 길섶으로 차를 세우라고 내게 수신호를 했다. 나는 길섶에 차를 세웠다. 순경이 운전석 쪽 문 앞에 와 서더니 내게 예의바르게 거수경례를 했다.

나는 죄진 사람의 본능으로 인사를 받았다.

"수고하십니다."

목소리가 궁색할 수밖에—.

순경이 조수석의 아내를 보며 농담처럼 말했다.

"동부인을 하시고 여행 중이시군요. 사모님을 위해서라도 위험한 운전은 안 되지요."

전혀 권위적인 태도가 아니었다. 나는 젊은 순경의 여유가 범법을 비리(非理)로 해결할 틈을 주는 거라고 여기고, 비리를 저질러 볼 요량으로 차에서 내리려고 했다. 순경은 차 문을 열지 못하게 말리며 역시 부드럽게 말했다.

"내리지 마십시오. 시간이 지체됩니다."

나는 배설물을 깔고 앉은 사람처럼 엉거주춤하고 순경을 쳐다볼 수밖에 없었다. 다행히 그 망측한 내 표정을 젊은 교통순경은 후각을 오염당한 사람처럼 상을 찡그리고 보지 않고 밝게 웃으며 정중하게 말했다.

"선생님께서는 도로교통법 제20조 앞지르기 금지와 동법 60조 안전띠 착용 의무를 위반하셨습니다. 면허증을 제시해 주십시오."

적발자답지 않은 부드러운 목소리였으나 넘볼 수 없는 형리(刑吏)의 의지가 담긴 또박또박 분명한 통고였다. 긴 가죽장화를 신고 제복을 단정히 입은 체격 좋은 젊은 교통경찰관은 마치 히틀러의 근위병처럼 상대방을 제압하는 힘을 지니고 있다. 나는 반항도 하지 못하고 면허증을 제시했다.

앞지르기 금지 위반은 벌점까지 가산되는 비교적 무거운 범칙이다. 그러나 파렴치범도 아닌데 비굴할 필요까진 없지 않은가. 위반할 수밖에 없었던 이유가 설득력이 있든 없든 설명도 해보지 않는다면 민주국민의 항변권(抗辯權)을 포기하는 것이다. 나는 굳이 순경의 만류에도 차에서 내렸다.

"지금 지적한 범칙 사실은 인정하지만, 상황이 전혀 고려되지 않은 법규 편의적이라는 생각이 들어서 상황을 설명하고 싶은데 좋습니까?"

나는 정중하게 말을 했다.

"네, 말씀하세요."

나는 당당하려고 했지만 똥 싼 주제에 매화타령 하는 것 같아서 그게 잘 안 되었다. 결국은 어눌한 어조로 변명 이상이 될 수 없는 상황 설명을 했다.

"보아서 알겠지만 앞차는 시속 40킬로에도 못 미치는 낡은 차였소. 매연을 다 마시며 반드시 그 차 뒤를 따라가야 합니까? 오르막길의 정상이라든지 커브길이기 때문에 전방 확인이 안 된다면 모르지만 내리막길이긴 하지만 직선이라 앞이 잘 보여서 앞지르기를 했는데 정상 참작이 안 되겠습니까?"

순경은 빙그레 웃으며 말했다.

"그렇지만 선생님은 멀지 않은 전방에 근무 중인 교통순경도 못 보지 않았습니까?"

격의 없는 사이처럼 말했지만 내 상황 설명을 여지없이 일축하는 한마디였다.

"황색선이 그어져 있는 도로상에서 앞지르기는 분별없는 짓입니다. 분별없는 운전은 아무리 익숙해도 실수가 따르고, 운전의 실수는 생명을 잃을 수도 있습니다. 이 길은 그 실수의 개연성이 충분히 도사리고 있는 곳이라 황색선을 설치하고 교통순경이 운전자의 주의를 환기시킬 목적으로 먼지를 마시며 길가에 서있는 것입니다."

그는 스티커를 작성하며 초등학교 저학년을 가르치는 선생님처럼 정성껏 말했다. 나는 벌 서는 초등학교 저학년생처럼 딴청을 떨고 질펀한 황금들녘의 풍요로움을 건너다보았다. 딴에 기분 나쁘다 이거였다. 나이답지 않게 팔팔 뛰는 자존심을 꾹 물고 있으려니까 어금니에 쥐가 날 지경이었다.

이윽고 그는 스티커를 내게 건네주고 사인을 하라고 했다. 잘했든 잘못했든 기쁘게 벌 받는 놈은 없을 것이다. 나는 볼이 부어 가지고 스티커를 받아들었다. 스티커에 적힌 범칙 사실은 의외로 안전띠 미착용뿐이었다. 앞지르기 금지 위반은 적용하지 않았다. 나는 의아해서 순경 얼굴을 쳐다보았다. 순경은 도로 저쪽을 응시하고 있었다. 나는 웬 횡재냐 싶어서 얼른 스티커에 사인을 했다. 그리고 기쁜 마음으로 차 한 잔을 대접하듯 스티커에 촌지(寸志)를 얹어 주며 고맙다고 인사를 했다.

그러자 순경이 얼굴을 붉히면서 정색을 했다.

"선생님이 앞지르기 금지를 위반한 것은 사실이지만 분명히 앞차는 저속으로 운행했고, 선생님 역시 서행으로 앞지르기가 가능한 상황이었습니다. 또 다른 지방 사람이라 도로 사정을 모르고 실수를 하신 것이지 고의는 아닌 것 같아서 계도 조치하는 것입니다. 그런 알 만하신 분이 공무원의 자존심을 욕보이면 되겠습니까. 이 돈으로 안전띠 미착용 범칙금을 내십시오. 먼 곳에서 우리 고장까지 여행을 오셨는데 좋은 추억을 남겨 가셔야지요. 불쾌한 여행이 되면 쓰겠습니까. 조심해서 운전하십시오."

내게 스티커 부본을 넘겨주며 정중히 거수경례를 했다.

나는 부끄러워서 순경의 얼굴을 바로 쳐다볼 수 없었다. 젊은 교통 경찰관의 순수성을 순수하게 받아들이지 못한 내 인격의 한계가 뼈저리게 느껴졌다. '교통법규 위반은 촌지로, 해결하라.' 운전자의 통념 같은 상식을 깨끗하게 불식시켜 주는 아들 또래의 교통경찰관의 순정적(純情的)인 직무취급 앞에 내 나이가 얼마나 헛된 것인지 고개를 들 수 없었다.

"절대로 교통법규를 위반하지 않겠습니다."

나는 일부러 꾸중들은 초등학생처럼 반성의 기미가 역력한 어조로 고개를 떨구고 말했다. 그건 비굴한 게 아니라, 공무원의 자존심을 손상시킨 데 대한 응당 내가 취할 태도였다.

그러나 내 마음은 훌륭한 명승지를 관광한 것보다도 더 큰 감동으로 설레었다. 땅 끝 앞바다의 풍광에 감동한 내 여행을 조금도 훼손하지 않고 공무를 집행해 준 그 순경의 배려에 감동한 것이다.

해남은 윤선도의 인품과 학문이 배어 있는 유서 깊은 고장이다. 그 교통경찰관의 직무태도는 자기 고장을 자랑스럽게 여기는 우월감에서 비롯된 젊은 협기(俠氣)인지 모른다. 길 나서면 생각지 않은 것을 배우고 감동하게 된다.

어제 그 젊은 순경을 다시 그 길에서 만난다면 얼른 차를 길섶에 세우고 내릴 것이다. 그리고 반색을 하며 그의 손을 잡고 충청도 양반답게 고전적(古典的) 언사로 안부를 물을 것이다.

"또 뵙게 되어서 반갑습니다. 그간 무고하셨습니까? 아무적에 당신에게 이 길에서 인생을 한 수 배운 바 있는 아무개올시다."

그때 그 교통순경은 자신의 실존적 가치를 인식하고 기뻐할 것이다. 그것은 그에게 진 빚을 갚는 유일한 방법이다.

나는 불가피하게 땅끝 갈두리 여행을 다시 한 번 하지 않을 수 없는 구실을 만들어 가지게 되었다.

찔레꽃 필 무렵

　찔레꽃이 피면 나는 한하운처럼 울음을 삭이며 혼자 녹동항에 가고 싶어진다.

　가도 가도 끝이 없는 누런 보리밭 사이로 난 전라도 천릿길을 뻐꾸기 울음소리에 발맞추어 폴싹폴싹 붉은 황토 흙먼지 날리며 타박타박 걸어가고 싶다. 거기까지 가는 길이 얼마나 멀고 서러운 길인지 알고 싶다.

　찔레꽃 하얗게 핀 산모퉁이 돌아서 "응야 차ー. 응야 차ー." 건강한 젊은 육신들이 꺼끄러기와 먼지를 뒤집어쓰고 보리 타작하는 소리 질펀한 동네 앞, 둥구나무 아래 앉아서 발싸개를 풀어 볼 것이다. 발가락은 다 있는지ー. 구태여 그게 무슨 대수일까마는 그래도 궁금한 사람의 마음을 어찌 당하랴. 발가락은 다 있다. 일그러진 문둥이의 얼굴에 어린 기쁨. 보일까.

　둥구나무 그늘 아래 이는 바람에 얼굴을 씻고, 아니 눈물을 닦고 누런 보리밭을 건너다보면 찔레꽃이 누이처럼 애련하게 피어있다. 먼 산을 울리는 뻐꾸기 소리를 들으며 몽당손가락으로 몽당연필을 쥐고 편지를 쓴다.

'누이야. 아직 발가락은 다 있다.'

천릿길을 상상하게 된다. 밀짚모자를 눌러쓰고 피 같은 비지땀을 흘리며 붉은 흙먼지를 폴싹폴싹 날리며 뻐꾸기 소리에 발맞춰 걸어가는 천형의 사나이 길一. 찔레꽃 피면 나는 천형의 길을 답사한다.

한하운은 자서전에서 "천형의 문둥이가 되고 보니 지금 내가 바라보는 세계란 오히려 아름답고 한이 많다. 아랑곳없이 다 잊은 듯한 산천초목과 인간의 애환이 다시금 아름다워 스스로 나의 통곡이 흐느껴진다."라고 하였다.

찔레꽃은 우리나라 어디고 한마음으로 핀다. 찔레꽃을 보면 하나의 배달민족이 꽃피어 있는 것 같다. 오일장날 동네 어귀마다 흰옷 입고 나서는 장꾼같이 전국 어느 산기슭이나 똑같은 모습으로 핀 찔레꽃 무더기一. 우리나라 사람은 똑같은 마음이라는 생각이 들게 하는 꽃이다. 유월 화창한 햇살 내린 산기슭, 돼기밭 머리에 하얗게 무더기를 짓고 핀 하얀 꽃을 보면 뜨겁고 간절한 마음을 하얗게 삭이는 남도잡가 소리 들리는 듯하다. "인간사 그리워 필닐니리" 한하운의 보리피리 소리 들리는 듯하다.

녹동(鹿洞)을 처음 안 것은 퍽 오래 되었다. 여수 차부(車部)에서 나그네의 투박한 남도 사투리 속에 섞여서 버스시간을 기다리라는 지명이 내 행선지처럼 귀에 쏙 들어왔다. 처음 들어 보는 지명이었다. 발음도 입안에서 구르는 정겨운, 우리들의 고모님 시집동네 이름 같다는 생각이 들었다.

어느 사람에게 물어보았다.

"녹동이 어디입니까?"

"녹동이야, 녹도(鹿島) 건너가는 항구가 녹동(鹿洞)이제ㅡ."

시골 식자쯤 되는 행색인 사람이었다. 그 나이에 녹동도 모르느냐는 눈째로 내 행색을 쓱 훑어보는 것이었다. 나는 공연히 주눅이 들어서 머쓱하게 서있는데

"녹도 모르요? 그럼 소록도는 아남?"

'아ㅡ! 소록도.' 녹동, 어쩐지 찝찔한 눈물 맛 같은 어감이더라니ㅡ. 그러니까 녹동이 어디쯤 있는지 알 것 같았다. 보리가 누렇게 익는 들판을 건너, 뻐꾸기 우는 고개를 넘어, 찔레꽃 하얗게 피는 산모롱이를 돌아가면 파란 바닷물이 넘실대는 부두에 하얗게 페인트칠을 한 병원선이 접안(接岸)하고 있는 항구일 것이다.

내가 소년일 때다. 사립짝 안으로 말없이 하얀 중의적삼을 입은 남자와 하얀 치마적삼을 입은 여자가 손을 잡고 들어와 섰다. 남자는 밀짚모자를 여자는 무명수건을 깊숙이 내려 써서 얼굴을 가렸다. 그들은 말없이 서 있었다. 어머니가 바가지에 보리쌀을 한 사발쯤 되게 담아 가지고 가서 바랑에 부어 주었다. 그들은 손을 잡고 사립짝 밖으로 나갔다. 나도 따라 나가서 그들의 뒷모습을 보았다. 눈부신 햇살 속으로 손을 잡고 걸어가는 그들의 뒷모습이 찔레꽃 한 무더기처럼 슬펐다. 뻐꾸기가 청승맞게 울었다.

자동차 운전면허를 따고서 처음으로 장거리 여행이 하고 싶어졌는데, 그 목적지가 녹동이었다. 아직 초보 운전자가 가기에는 먼 길이었지만 굳이 그 곳이 가고 싶었다.

찔레꽃 필 무렵이었다. 가도 가도 끝이 없는 남도 길가에 하얗게 찔레꽃이 피어 있었다. 한하운이 걸어갔을 길과는 상관없는 호남고속도로 연변에 그렇게 찔레꽃이 피어 있었다. 찔레꽃은 아무데라도 핀다. 서러운 문둥이를 위해서 피는 꽃은 아니었다. 그런데 이상하게도 찔레꽃은 내게 한하운의 슬픔을 조용조용 속삭여주는 것이었다.

녹동항 가는 길은 생각한 대로 보리가 누렇게 익는 황토밭 질펀한 구릉을 넘고 돌아서, 찔레꽃 무더기무더기 핀 야산을 돌아서, 한참 고흥반도를 내려가서 남쪽에 있었다. 그런데 이상하게도 한하운의 애수의 흔적은 찾을 길이 없고 활기찼다. 부두에는 어선들이 보리피리를 불면서 소록도 건너가는 배를 기다리던 자리는 이미 국민소득 7천 불쯤에서 자취를 감추었다.

막 해가 넘어가고 있었다. 건너편 섬이 노을 속에 잠겼다. 신항(新港)을 건설하는 한적한 방파제에 차를 세우고 섬 모퉁이를 건너다보았다. 교회와 나환자의 병동 같아 보이는 하얀 건물들이 노을에 빛났다. 하얀 수성페인트를 누추해질 새 없이 칠하고 있는 것이 분명하다. 그런데 섬 기슭에 하얗게 찔레꽃이 여기저기 피어 있었다. 얼른 보기에 우리 집에서 보리쌀 한 사발을 얻어 가지고 동구 밖 둥구나무 그늘 아래 앉아 있던 문둥이 내외간 같아 보였다. 금방이라도 필닐니리 보리피리 소리가 들려올 것만 같았다.

하얗게 큰 건물이 하얗게 쪼그리고 앉아 있는 찔레꽃 무더기에게 흡사 그리 말하는 것 같아 보였다.

"제발 고통스러워도 참고 살아. 사는 게 죽는 거보다 그래도 뜻을 가질 수 있어서 좋잖아. 한센균이 너의 육체는 부패시켜도 정신은 부패시키지 못하잖아…. 죽는 날까지 정갈한 마음 잃지마—."

섬은 서서히 어둠에 묻혀갔다. 섬은 적막하게 컴컴해지는데 건물과 찔레꽃만 하얗게 드러나 보였다. 한하운의 시심처럼, 삶의 의지처럼….

해마다 찔레꽃이 피면 녹동항에 가서 저무는 섬을 건너다보고 싶어진다.

불영사에서

    태백산맥을 넘어 불영사(佛影寺) 주차장에 도착했을 때, 늦가을 짧은 해가 정수리를 넘어가 있었다. 깊어진 가을, 산사의 정취가 더욱 고즈넉한 때에 맞추어 도착했다.

    스산한 바람에 집착(執着)처럼 매달려 있던 마지막 잎새가 지는 경내를 조용히 움직이는 여승들의 모습, 연못에 부처님의 모습이 비치는 만추의 불영사를 꼭 한번 보고 싶었다. 그래서 결혼 30주년 기념 여행길에 들러 보기로 했던 것이다.

    애마(愛馬) '엘란트라'를 주차장 한녘에 세우자 영감 한 분이 달려와서 주차료를 내라고 한다. 주차료를 주면서 농담을 건네 보았다.

    "영감님, 말에게 여물 한 바가지만 주세요."

    영감이 무슨 소린지 몰라서 어리둥절했다. 먼 길을 달려와서 마방(馬房)에 드는 지친 말에게 우선 여물 한 바가지와 물을 주어서 원기를 회복토록 하는 것이 옛날 마방주인의 인심이었다. 국토의 등성마루를 아무런 가탈을 부리지 않고 숨을 고르게 쉬며 달려 넘어온 내 차가 기계라기보다 꼭 충직한 말 같아서 해본 농담인데, 관광지 인심에 절은 영감이 내 말귀를 알아들을 리가 없었다.

나의 취미는 여행이다. 우리 생활 형편으로는 과분한 취미여서 아내에게 늘 마음고생을 시킬 수밖에 없었다.

나는 여행이 하고 싶어지면 짐짓 '삶이란 엄청 환멸스럽다'는 듯한 침울한 표정을 짓고 묵비권을 행사한다. 경지에 이른 내 '팬터마임'에 아내는 참지 못하고 "도졌군, 또 병 도졌어" 하며 음흉한 계략인 줄 아는지 모르는지 가난한 여비를 마련해 주곤 했다.

물론 아내를 동반자로 하는 여행이 나의 희망이지만, 아내는 둥지를 못 떠나는 어미새처럼 죽지로 삶을 끌어안고 꼼짝하지 않았다. 그것은 남편의 무능을 보완하려는 반려자의 본능일 터인데, 나는 아내의 천성이 그러니 어쩔 도리가 없다고 자기합리화를 하며 늘 혼자 여행을 떠났었다.

그러나 이번에는 그런 아내를 강압적으로 내 옆자리에 태우고 여행을 떠났다. 하기는 아내가 내 강압에 굴복한 것이 아니고 결혼 30주년 기념이라는 여행 의미에 여자 마음이 어쩔 수 없이 움직이고 만 것인지 모른다.

불영사 입구의 아름다운 계곡에는 유감스럽게도 콘크리트 다리가 놓여 있었다. 그 아름다운 냇물에는 징검다리가 제격이다. 바랑을 진 여승의 조그만 몸이 늦가을 엷은 햇살 아래 징검다리를 조심조심 건너가는 탈속적(脫俗的)인 산수화 한 폭을 콘크리트 다리가 깔고 앉아 버렸다.

콘크리트 다리 위에 서서 아래를 내려다보았다. 냇물이 어미 젖을 물고 잠투정하는 어린것처럼 옹알거리며 여울목을 넘어와서 마침내 잠이 들 듯 다리발 아래서 조용히 흐름을 멈춘다. 물속의 물고기들도 지느러미를 접고 조용히 물에 떠 있다. 냇물도 가을의 깊이에 따라 여위어 가는 듯했다. 그 거울 같은 수면에 아내와 내 얼굴이 나란히 비쳤다.

"우리 약혼 사진을 보는 것 같은데—."

내 말에 아내가 감개무량한 미소를 지었다. 30년 전, 시골 사진관에서 사진사의 의도적인 농담에 수줍게 웃는 순간이 찍힌 빛 바랜 약혼 사진 생각이 나서 한 말이다. 그러나 수면에 나란히 비친 우리의 두 얼굴, 이미 많은 세월의 흔적을 깊이 새겨 놓았다. 어차피 결혼 30주년 기념에나 걸맞은 사진이었다.

다리를 건너 길은 숲속으로 나 있다. 조락이 끝난 나무들이 다가서는 겨울 앞에 내실(內實)의 무게로 담연히 서 있다. 아직 겨울잠에 들지 못한 다람쥐 한 마리가 숲의 적요를 흔들며 바쁘게 어디론지 사라지자 더 깊어진 숲의 적요에 나는 문득 아내의 손을 꼭 잡았다. 아내는 익숙지 않은 짓을 당하자 숫처녀처럼 흠칫하며 "누가 봐요" 했으나 손을 빼지는 않고 대신 걸음걸이만 다소곳해졌다.

나는 아내의 손을 잡고 불영사의 산문이랄 수 있는 둔덕진 숲길을 넘어서 호젓한 산기슭을 따라 내리막길을 걸었다. 손을 잡힌 채 다소곳이 따라오는 아내가 마치 30년 전 약혼 사진을 찍고 돌아오던 호젓한 산길에서처럼 온순했다.

절은 나지막하게 내려앉으며 불영계곡의 물굽이를 틀어 놓고 멎은 산자락에 안겨 있었다. 규모는 크지 않고 여염집의 아낙네처럼 소박하고 안존한 모습이 여승의 도량다울 뿐이었다.

절 앞에 불영사의 이름을 낳은 연못이 있었다. 부처의 모습이 비친다는 연못도 가을 깊이 가라앉아서 거울같이 맑다. 연못 저편에 내외간인 듯싶은 초로의 한 쌍이 손을 잡고 불영(佛影)을 찾는지 열심히 연못을 들여다보고 있었다.

우리는 절 구경부터 하기로 했다. 절 마당 들머리에 불사를 위한 시주를 받는 접수대가 차려져 있고, 어린 여승 둘이 엷은 가을 햇살 아래 서서 시주를 받고 있었다. 우리는 여승 앞에 섰다. 여승이 합장을 하고 맞아 준다. 조그만 시주를 하고 시주록에 이름을 적었다.

두 여승은 앳된 소녀였다. 통통하게 살이 오른 볼그레한 볼, 도톰한 붉은 입술, 크고 선연한 흰자위와 까만 눈동자, 가늘고 긴 목덜미의 뽀얀 살빛, 처녀성이 눈부신 아름다운 용모였다. 배코 친 파란 머리와 헐렁한 잿빛 승복이 속인의 마음을 공연히 안타깝게 하는데, 정작 두 여승은 여느 소녀들과 조금도 다를 바 없이 밝게 웃고 새처럼 맑은 목소리로 지저귀고 있었다.

절을 돌아보았다. 조촐한 절이었다. 대웅전 중창 불사로 절 마당이 어질러져 있다. 오래 된 장맛처럼 깊은 절 집의 여운이 우러나게 고색창연한 대로 놔두지 않고, 절 재정이 좀 나아졌다고 참을성 없이 불사를 벌이는 게 아닌가 싶었다.

여승의 깊은 인상 때문일까. 고요한 승방 쪽을 자꾸만 기웃거렸다. 시주대 앞에 서 있는 여승들의 방은 어느 것일까. 여승의 방에도 경대(鏡臺)가 있을까. 자신을 홀연히 버리는 경지를 향해서 용맹정진할 어린 비구니에 대한 속인의 아쉬운 마음이 가시지를 않는다. 화장은 안 해도 로션 정도는 바를 것 아닌가. 공연히 쓸데없는 걱정을 하다가 대웅전을 향해 합장하고 절을 물러나왔다.

나올 때 보니 두 여승은 불경을 외는지 염불을 하는지 삼매경에 들어 있었다. 얼굴이 홍시처럼 익어 있는데 법열(法悅)의 상기(上氣)인지 노을빛이 물든 것인지 신비스럽기 그지없었다. 어린 여승들이 천진한 소녀의 세계와 부처의 세계를 자유롭게 왕래하고 있는 것만 같아 보였다. 우리는 발소리를 죽이고 조심스럽게 여승 곁을 지나왔다. 마치 대웅전 본존불상 앞을 지나는 마음 같았다. 아내도 내 심정 같은지 발끝으로 따라왔다.

절 앞의 연못까지 와서 나는 환상을 본 것 아닌가 하고 절 쪽을 뒤돌아보았다. 여승은 우리가 나가기를 기다리고 있었는지 그새 절 안으로 들어가고 거기에 없었다.

연못의 벤지에는 초로의 부부가 아직 손을 잡고 나란히 앉아 있었다. 인생을 관조하는 듯한 여유 있는 모습과 다정다감한 내외간의 모습이 보기 좋았다. 우리는 그들의 고즈넉한 분위기를 방해하지 않기 위해서 좀 떨어진 곳에 자리를 잡고 서서 연못을 들여다보았다. 아무리 연못을 들여다보아도 부처님의 모습은 찾아볼 수 없었다. 불영은 속진(俗塵)이 묻은 중생의 눈에는 보이지 않는 것일까. 내 눈에는 안 보이더라도 아내의 눈에는 보였으면 하는 바람이었으나, 아내의 눈에도 보이지 않는 모양이었다. 아내가 비록 불심은 없는 사람이지만 크게 욕심부리지 않고, 남에게 못할 짓 안 하고 산만큼 부처님은 잠시 현신(現身)을 해주셔도 무방할 것 같은데 함부로 현신을 하지 않으시는 모양이었다.

산사에 어둠이 내리려고 했다. 초로의 신사 내외가 산문 밖으로 나가고 있었다. 산골은 기습적으로 어두워진다. 절의 외등이 불을 밝히면 절의 모습이 막이 오른 무대의 세트처럼 생경한 모습으로 되살아나서, 승방 문에 등잔불이 밝혀질 것이라는 내 고답적인 절 이미지를 '착각하지 마' 하듯 가차없이 지워 버릴 것이다. 나는 아내를 이끌고 외등이 밝혀지기 전에 절을 떠났다. 적막해지는 절에 남은 그 두 여승이 혹시 절 밖에 나와 서 있나 싶어 돌아보며ㅡ.

우리 앞에 저만치 그 초로의 신사와 부인이 손을 잡고 어두워지는 고요한 산길을 여유로운 발걸음으로 가고 있었다. 아무래도 우리의 발걸음이 더 빠른 듯 거리가 좁혀지고 있었다. 나는 발걸음을 늦추었다. 그들을 추월함으로 피차간의 고즈넉한 분위기가 깨어지는 불편을 피하기 위해서였다.

깊은 가을의 어두워진 주차장에서 말처럼 내 차가 적적하게 주인을 기다리고 있었다. 우리가 차 곁으로 갔을 때, 저쪽 차의 사람이 우리 차 쪽으로 다가왔다. 먼저 도착한 그 초로의 신사 내외였다. 우리가 뒤따라올 때를 기다리고 있었던 것 아닌가 싶었다.

"안녕하세요. 절에서 먼 빛으로 두 분을 지켜보았습니다. 당정다감한 모습이 참 보기 좋았습니다."

"별 말씀을요. 두 분의 모습이야말로 참 보기 좋았습니다." 아내가 솔직하게 말했다.

"준비해 온 커피가 있는데, 우리 차로 가서 같이 드실까요?"

"네, 감사합니다."

나는 그분들의 친절이 부담스러웠는데 아내가 얼른 친절을 받아들였다. 우리는 그쪽 차로 가서 보온병에 준비해 온 커피를 그분들과 함께 마셨다. 어두운 주차장에는 차가 몇 대 없었다. 주차장이 너무 넓어 보였다. 가을이 깊긴 깊구나 싶었다. 주차료를 받던 마방주인도 가고 없다.

"우리는 백암온천으로 가는데, 가을이 깊어서 그런지 동행이 그립네요. 방향이 같으시면 동행했으면 좋겠습니다만ㅡ."

그쪽 남자의 말이었다.

나는 깊은 감동으로 그분들을 바라보았다. 초면에 격의 없이 사람을 대할 수 있는 이분들의 인품 앞에 나는 망연(茫然)했다. 이분들이 고즈넉한 분위기를 방해하지 않으려고 한 거리 유지가, 실은 내 고즈넉한 분위기를 방해받지 않으려는 인색한 거리였을 뿐이라는 생각을 하니 마음에 주눅이 들었다. 단아한 인품이 엿보이는 그분들의 모습이 열심히 후학을 기르고 퇴직한 선생님 내외 같아 보였다. 사람을 좋아하는 순수한 인간미와 기탄없는 마음의 자유, 이분들과 동행을 하면 좋은 여행을 배울 수 있을 거라는 생각이 들었지만, 결혼 30주년 기념여행을 수학여행으로 바꾸고 싶지는 않았다. 여행이 인품만큼 얻을 수 있는 것이라면 내가 이분들의 격에 맞지 않을 경우 우린 피차에 불편이 될 뿐, 좋은 여행 동반자는 될 수 없다는 생각이 들었다.

"우리는 백암온천은 한번 가 본 곳이라서 덕구온천으로 갈 계획입니다."

사실이었다.

"그러세요? 동행하고 싶었는데 유감입니다. 그럼 좋은 여행 되시길 바라겠습니다."

그들이 먼저 출발하고 우리도 따라서 출발했다. 앞차의 빨간 미등이 따라오라는 선도의 눈짓 같았으나, 울진 외곽 삼거리에서 그들의 차는 백암온천 쪽으로 우회전을 하고 우리 차는 덕구온천 쪽으로 좌회전을 했다.

오늘 밤은 덕구온천에서 자고, 내일 새벽은 동해의 어느 포구에서 밤바다의 오징어를 퍼담듯 잡아오는 어부의 자만심이 어떤 건지, 일출처럼 추켜세운 만선의 깃발을 보리라. 그리고 숙면한 포구 아낙네들의 목청이 생선처럼 퍼덕이는 어판장 모퉁이 좌판 앞에 앉아서 산오징어회를 먹을 것이다.

생명

자고 나니까 링거액을 주사한 오른팔 손등이 소복하게 부어 있다. 링거액이 샌 모양이다. 나는 깜짝 놀랐다. 멀쩡게 부운 아버지의 손, 중풍이 오신 고통스러운 말년의 손을 내가 달고 있는 것이 아닌가! 부자지간의 생명의 바통인가. 나는 아버지의 말년, 그 손을 잡고 병고를 위로해 드리곤 했었다.

아버지의 손은 퍽 크다. 내 손은 아버지의 손에 비하면 너무 병약하다. 나는 아버지의 손을 숭배한다. 사랑한다. 어쩌면 지금 내 손이 아버지의 손과 똑같을까? 생명은 닮는다는 뜻일까?

고등학교 몇 학년 때인지 가정실습(家庭實習) 때다. 집에 왔다가 모내기를 돕게 되었다. 뒷골 천수답에 모내기를 했다. 나도 열심히 모를 심었다. 식구들과 일꾼 몇을 얻어가지고 모를 심었다. 아버지는 며칠 동안 빗물을 잡아서 논을 삶느라고 고삐에 넓적다리가 스쳐서 피가 날 정도였다.

우리 농사 중 파종의 대미는 천수답 모내기를 끝마치는 것이다.

힘들고 의미 있는 과정이다. 그 날 점심때, 우리는 오동나무 그늘에 점심 들밥을 차려놓고 먹었다. 신록이 우거진 그늘에서 뻐꾸기가 낭자하게 울었다. 소들은 모를 심느라고 일으켜 놓은 구정물로 엉덩이에 흙덩이가 엉겨 붙은 채 우리 옆 오동나무 그늘 아래서 풀을 어귀적어귀적 씹으며 흘금흘금 오월 강산을 건너다보고 있었다.

우리 점심 차림은 너무 소박했다. 햇보리 반과 묵은쌀이 반씩 섞인 밥에다 상추겉절이, 배추겉절이, 마늘잎을 넣고 조린 꽁치가 전부였다. 그리고 된장, 지금도 눈에 선한 황금색 튀장(토장) 한 탕기다. 여기서 유의해야 할 그 날의 점심 맛을 내준 것은 마늘잎 꽁치조림이다. 그런데 아버지의 입맛을 내준 것은 황금색 튀장이었던 듯하다. 아버지는 상추이파리 서너 장에 밥을 두어 숟갈 푹 떠서 담고 그 황금색 튀장을 반 숟갈 듬뿍 얹어 꾸기꾸기 해서 입에 넣으셨다.

아버지가 상추쌈을 입에 넣고 눈을 끔뻑하면 목울대가 아래 위로 오르내렸다. 앞산을 건너다보며 볼이 미어지게 상추쌈을 잡숫던 중년 농부의 눈, 그 눈에 뻐꾸기 우는 녹음 방창한 산이 한 귀퉁이씩 그야말로 게 눈 감춰지듯 하는 것이었다. 그 쌈밥을 잡고 있던 두 손이 링거에 손등이 통통히 부은 지금의 내 손과 똑같았다.

그 후 가끔 뒷골 천수답에 모내기를 하면서 아버지의 손등을 떠올려보곤 했지만, 실상 아버지 손등을 보고 천수답 모내기 점심밥 먹던 생각을 해본 적은 없다. 점심을 먹고 어디론가

가셨던 아버지는 잠시 후 싱싱한 칡잎에 소복하게 산딸기를 따 오셨다. 디저트를 구해 오신 것이다. 쌈밥처럼 두 손으로 잡고 들고 오신 것이다.

"받아라."

나는 아버지의 손등까지 싸잡아 들었다.

아버지의 손은 육감적이고 내 손은 턱없이 왜소하다. 전혀 닮지 않은 손이 운명의 때에 보니 닮아 있다. 아버지와 아들은 닮아 있다.

睦誠均 연보

1938년 충북 괴산 연풍 소백산맥 자락의 산촌에서 목영기와 안순
       녀의 4남1녀 중의 장남으로 출생하여 고향을 떠나 수원에
       서 국민학교 3학년까지 다니다 귀향, 연풍국민학교와 연
       풍중학교를 다녔는데 수필의 소재의 대부분은 그 시절에
       서 나왔음.
1959년 청주상고 졸업. 그 해 학도주보 주최 전국 학생문예작품
       모집에서 고등부 산문부분 1등을 함. 이듬해 서라벌예대
       문예창작과에 입학하였으나 가정형편상 학업을 마치지 못
       하고 고향에 돌아와 낮엔 밭을 갈고 밤엔 글을 쓰다가 군
       에 입대함.
1964년 아버지께서 정해준 전주 이씨 성을 가진 배필과 군복무 중
       에 결혼함. 여리고 약해 보여 근심이었을 뿐 더 바랄 것
       없이 흡족한 아내와 사이에 진숙, 진용, 진국 3남매를 얻
       음.
1968년 제대하여 농사꾼이 되어 1년 남짓 신춘문예에 응모했으나
       좌절함. 상경하여 프린트사를 경영하였으나 실패하고 산
       림직 공무원이 되어 강릉영림서를 시작으로 충북도청, 청
       주시청, 충북사방사업소, 괴산군청등 25년간 공직생활을
       함.

1993년 퇴직한 후 서원대학교 평생교육원 문예창작반에 입학하여
        갈망하던 문학 공부를 다시 시작해 〈중앙시조〉 월말 장원,
        〈월간에세이〉 초회추천, 관광공사의 관광수필 공모에 응
        모하여 최우수상을 수상하여 글 쓰는 기쁨을 만끽함.
1995년   월간 〈수필문학〉에 「속리산기」로 추천 완료함.
2003년 수필집 『명태에 관한 추억』 발간. 한국문예진흥원 우수문
        학작품집으로 선정됨.
2004년 3월 현대수필문학상 수상함
2004년 11월 수필집 『생명』 출간함
2005년 5월 타계함.